Édition bilingue
ANGLAIS-FRANÇAIS

*Pour écouter la lecture de ce livre
dans sa version anglaise ou dans sa traduction française
scannez le code en début de chapitre avec :
votre téléphone portable, votre tablette*
ou bien votre webcam depuis le site https://webqr.com

Science-Fiction
Littérature britannique

Titre original :
THE TIME MACHINE

Traduction française :
Henry D. Davray

Lecture en anglais :
Mark F. Smith

Lecture en français :
Vincent de l'Épine

ISBN : 978-2-37808-021-1
© L'Accolade Éditions, 2018

HERBERT GEORGE WELLS

la Machine à

EXPLORER LE TEMPS

ACCOLADE
Éditions

1

'The Time Traveller (for so it will be convenient to speak of him) was expounding a recondite matter to us. His grey eyes shone and twinkled, and his usually pale face was flushed and animated. The fire burned brightly, and the soft radiance of the incandescent lights in the lilies of silver caught the bubbles that flashed and passed in our glasses. Our chairs, being his patents, embraced and caressed us rather than submitted to be sat upon, and there was that luxurious after-dinner atmosphere when thought roams gracefully free of the trammels of precision. And he put it to us in this way—marking the points with a lean forefinger—as we sat and lazily admired his earnestness over this new paradox (as we thought it) and his fecundity.

'You must follow me carefully. I shall have to controvert one or two ideas that are almost universally accepted. The geometry, for instance, they taught you at school is founded on a misconception.'

1

Initiation

« L'explorateur du Temps (car c'est ainsi que pour plus de commodité nous l'appellerons) nous exposait un mystérieux problème. Ses yeux gris et vifs étincelaient, et son visage, habituellement pâle, était rouge et animé. Dans la cheminée la flamme brûlait joyeusement et la lumière douce des lampes à incandescence, en forme de lis d'argent, se reflétait dans les bulles qui montaient brillantes dans nos verres. Nos fauteuils, dessinés d'après ses modèles, nous embrassaient et nous caressaient au lieu de se soumettre à regret à nos séants ; il régnait cette voluptueuse atmosphère d'après dîner où les pensées vagabondent gracieusement, libres des entraves de la précision. Et il nous expliqua la chose de cette façon – insistant sur certains points avec son index maigre – tandis que, renversés dans nos fauteuils, nous admirions son ardeur et son abondance d'idées pour soutenir ce que nous croyions alors un de ses nouveaux paradoxes.

« Suivez-moi bien. Il va me falloir discuter une ou deux idées qui sont universellement acceptées. Ainsi, par exemple, la géographie qu'on vous a enseignée dans vos classes est fondée sur un malentendu.

'Is not that rather a large thing to expect us to begin upon?' said Filby, an argumentative person with red hair.

'I do not mean to ask you to accept anything without reasonable ground for it. You will soon admit as much as I need from you. You know of course that a mathematical line, a line of thickness *nil*, has no real existence. They taught you that? Neither has a mathematical plane. These things are mere abstractions.'

'That is all right,' said the Psychologist.

'Nor, having only length, breadth, and thickness, can a cube have a real existence.'

'There I object,' said Filby. 'Of course a solid body may exist. All real things — '

'So most people think. But wait a moment. Can an *instantaneous* cube exist?'

'Don't follow you,' said Filby.

'Can a cube that does not last for any time at all, have a real existence?'

Filby became pensive.

'Clearly,' the Time Traveller proceeded, 'any real body must have extension in *four* directions: it must have Length, Breadth, Thickness, and — Duration. But through a natural infirmity of the flesh, which I will explain to you in a moment, we incline to overlook this fact. There are really four dimensions, three which we call the three planes of Space, and a fourth, Time.

— Est-ce que ce n'est pas là entrer en matière avec une bien grosse question ? demanda Filby, raisonneur à la chevelure rousse.

— Je n'ai pas l'intention de vous demander d'accepter quoi que ce soit sans argument raisonnable. Vous admettrez bientôt tout ce que je veux de vous. Vous savez, n'est-ce pas, qu'une ligne mathématique, une ligne de dimension nulle, n'a pas d'existence réelle. On vous a enseigné cela ? De même pour un plan mathématique. Ces choses sont de simples abstractions.

— Parfait, dit le Psychologue.

— De même, un cube, n'ayant que longueur, largeur et épaisseur, peut-il avoir une existence réelle ?

— Ici, j'objecte, dit Filby ; certes, un corps solide existe. Toutes choses réelles…

— C'est ce que croient la plupart des gens. Mais attendez un peu. Est-ce qu'il peut exister un cube instantané ?

— Je n'y suis pas, dit Filby.

— Est-ce qu'un cube peut avoir une existence réelle sans durer pendant un espace de temps quelconque ? »

Filby devint pensif.

« Manifestement, continua l'Explorateur du Temps, tout corps réel doit s'étendre dans quatre directions. Il doit avoir Longueur, Largeur, Épaisseur, et… Durée. Mais par une infirmité naturelle de la chair, que je vous expliquerai dans un moment, nous inclinons à négliger ce fait. Il y a en réalité quatre dimensions : trois que nous appelons les trois plans de l'Espace, et une quatrième : le Temps.

There is, however, a tendency to draw an unreal distinction between the former three dimensions and the latter, because it happens that our consciousness moves intermittently in one direction along the latter from the beginning to the end of our lives.'

'That,' said a very young man, making spasmodic efforts to relight his cigar over the lamp; 'that ... very clear indeed.'

'Now, it is very remarkable that this is so extensively overlooked,' continued the Time Traveller, with a slight accession of cheerfulness. 'Really this is what is meant by the Fourth Dimension, though some people who talk about the Fourth Dimension do not know they mean it. It is only another way of looking at Time. *There is no difference between Time and any of the three dimensions of Space except that our consciousness moves along it*. But some foolish people have got hold of the wrong side of that idea. You have all heard what they have to say about this Fourth Dimension?'

'*I* have not,' said the Provincial Mayor.

'It is simply this. That Space, as our mathematicians have it, is spoken of as having three dimensions, which one may call Length, Breadth, and Thickness, and is always definable by reference to three planes, each at right angles to the others. But some philosophical people have been asking why *three* dimensions particularly — why not another direction at right angles to the other three? —

On tend cependant à établir une distinction factice entre les trois premières dimensions et la dernière, parce qu'il se trouve que nous ne prenons conscience de ce qui nous entoure que par intermittences, tandis que le temps s'écoule, du passé vers l'avenir, depuis le commencement jusqu'à la fin de votre vie.

— Ça, dit un très jeune homme qui faisait des efforts spasmodiques pour rallumer son cigare au-dessus de la lampe, ça... très clair... vraiment.

— Or, n'est-il pas remarquable que l'on néglige une telle vérité ? continua l'Explorateur du Temps avec un léger accès de bonne humeur. Voici ce que signifie réellement la Quatrième Dimension ; beaucoup de gens en parlent sans savoir ce qu'ils disent. Ce n'est qu'une autre manière d'envisager le Temps. *Il n'y a aucune différence entre le Temps, Quatrième Dimension, et l'une quelconque des trois dimensions de l'Espace, sinon que notre conscience se meut avec elle.* Mais quelques imbéciles se sont trompés sur le sens de cette notion. Vous avez tous su ce qu'ils ont trouvé à dire à propos de cette Quatrième Dimension ?

— Non, pas moi, dit le Provincial.

— Simplement ceci : l'Espace, tel que nos mathématiciens l'entendent, est censé avoir trois dimensions, qu'on peut appeler Longueur, Largeur et Épaisseur, et il est toujours définissable par référence à trois plans, chacun à angles droits avec les autres. Mais quelques esprits philosophiques se sont demandé pourquoi exclusivement trois dimensions, pourquoi pas une quatrième direction à angles droits avec les trois autres ?

and have even tried to construct a Four-Dimension geometry. Professor Simon Newcomb was expounding this to the New York Mathematical Society only a month or so ago. You know how on a flat surface, which has only two dimensions, we can represent a figure of a three-dimensional solid, and similarly they think that by models of three dimensions they could represent one of four — if they could master the perspective of the thing. See?'

'I think so,' murmured the Provincial Mayor; and, knitting his brows, he lapsed into an introspective state, his lips moving as one who repeats mystic words.

'Yes, I think I see it now,' he said after some time, brightening in a quite transitory manner.

'Well, I do not mind telling you I have been at work upon this geometry of Four Dimensions for some time. Some of my results are curious. For instance, here is a portrait of a man at eight years old, another at fifteen, another at seventeen, another at twenty-three, and so on. All these are evidently sections, as it were, Three-Dimensional representations of his Four-Dimensioned being, which is a fixed and unalterable thing.

'Scientific people,' proceeded the Time Traveller, after the pause required for the proper assimilation of this, 'know very well that Time is only a kind of Space. Here is a popular scientific diagram, a weather record. This line I trace with my finger shows the movement of the barometer.

et ils ont même essayé de construire une géométrie à quatre Dimensions. Le professeur Simon Newcomb exposait celle-ci il y a quatre ou cinq semaines à la Société Mathématique de New York. Vous savez comment sur une surface plane qui n'a que deux dimensions on peut représenter la figure d'un solide à trois dimensions. À partir de là ils soutiennent que, en partant d'images à trois dimensions, ils pourraient en représenter une à quatre s'il leur était possible d'en dominer la perspective. Vous comprenez ?

– Je pense que oui », murmura le Provincial, et fronçant les sourcils il se perdit dans des réflexions secrètes, ses lèvres s'agitant comme celles de quelqu'un qui répète des versets magiques.

« Oui, je crois que j'y suis, maintenant, dit-il au bout d'un moment, et sa figure s'éclaira un instant.

– Bien ! Je n'ai pas de raison de vous cacher que depuis un certain temps je me suis occupé de cette géométrie des Quatre Dimensions. J'ai obtenu quelques résultats curieux. Par exemple, voici une série de portraits de la même personne, à huit ans, à quinze ans, à dix-sept ans, un autre à vingt-trois ans, et ainsi de suite. Ils sont évidemment les sections, pour ainsi dire, les représentations sous trois dimensions d'un être à quatre dimensions qui est fixe et inaltérable.

« Les hommes de science, continua l'Explorateur du Temps après nous avoir laissé le loisir d'assimiler ses derniers mots, savent parfaitement que le Temps n'est qu'une sorte d'Espace. Voici un diagramme scientifique bien connu : cette ligne, que suit mon doigt, indique les mouvements du baromètre.

Yesterday it was so high, yesterday night it fell, then this morning it rose again, and so gently upward to here. Surely the mercury did not trace this line in any of the dimensions of Space generally recognized? But certainly it traced such a line, and that line, therefore, we must conclude was along the Time-Dimension.'

'But,' said the Medical Man, staring hard at a coal in the fire, 'if Time is really only a fourth dimension of Space, why is it, and why has it always been, regarded as something different? And why cannot we move in Time as we move about in the other dimensions of Space?'

The Time Traveller smiled.

'Are you sure we can move freely in Space? Right and left we can go, backward and forward freely enough, and men always have done so. I admit we move freely in two dimensions. But how about up and down? Gravitation limits us there.'

'Not exactly,' said the Medical Man. 'There are balloons.'

'But before the balloons, save for spasmodic jumping and the inequalities of the surface, man had no freedom of vertical movement.'

'Still they could move a little up and down,' said the Medical Man.

Hier il est monté jusqu'ici, hier soir il est descendu jusquelà, puis ce matin il s'élève de nouveau et doucement il arrive jusqu'ici. À coup sûr, le mercure n'a tracé cette ligne dans aucune des dimensions de l'Espace généralement reconnues ; il est cependant certain que cette ligne a été tracée, et nous devons donc en conclure qu'elle fut tracée au long de la dimension du Temps.

– Mais, dit le Docteur en regardant fixement brûler la houille, si le Temps n'est réellement qu'une quatrième dimension de l'Espace, pourquoi l'a-t-on considéré et le considère-t-on encore comme différent ? Et pourquoi ne pouvons-nous pas nous mouvoir çà et là dans le Temps, comme nous nous mouvons çà et là dans les autres dimensions de l'Espace ? »

L'Explorateur du Temps sourit :

« Êtes-vous bien sûr que nous pouvons nous mouvoir librement dans l'Espace ? Nous pouvons aller à gauche et à droite, en avant et en arrière, assez librement, et on l'a toujours fait. J'admets que nous nous mouvons librement dans deux dimensions. Mais que direz-vous des mouvements de haut en bas et de bas en haut ? Il semble qu'alors la gravitation nous limite singulièrement.

– Pas précisément, dit le Docteur, il y a les ballons.

– Mais avant les ballons, et si l'on excepte les bonds spasmodiques et les inégalités de surface, l'homme est tout à fait incapable du mouvement vertical.

– Toutefois, il peut se mouvoir quelque peu de haut en bas et de bas en haut.

'Easier, far easier down than up.'

'And you cannot move at all in Time, you cannot get away from the present moment.'

'My dear sir, that is just where you are wrong. That is just where the whole world has gone wrong. We are always getting away from the present moment. Our mental existences, which are immaterial and have no dimensions, are passing along the Time-Dimension with a uniform velocity from the cradle to the grave. Just as we should travel *down* if we began our existence fifty miles above the earth's surface.'

'But the great difficulty is this,' interrupted the Psychologist. 'You *can* move about in all directions of Space, but you cannot move about in Time.'

'That is the germ of my great discovery. But you are wrong to say that we cannot move about in Time. For instance, if I am recalling an incident very vividly I go back to the instant of its occurrence: I become absent-minded, as you say. I jump back for a moment. Of course we have no means of staying back for any length of Time, any more than a savage or an animal has of staying six feet above the ground. But a civilized man is

— Plus facilement, beaucoup plus facilement de haut en bas que de bas en haut.

— Et vous ne pouvez nullement vous mouvoir dans le Temps ; il vous est impossible de vous éloigner du moment présent.

— Mon cher ami, c'est là justement ce qui vous trompe. C'est là justement que le monde entier est dans l'erreur. Nous nous éloignons incessamment du moment présent. Nos existences mentales, qui sont immatérielles et n'ont pas de dimensions, se déroulent au long de la dimension du Temps avec une vélocité uniforme, du berceau jusqu'à la tombe, de la même façon que nous voyagerions vers le bas si nous commencions nos existences cinquante kilomètres au-dessus de la surface de la terre.

— Mais la grande difficulté est celle-ci, interrompit le Psychologue : vous pouvez aller, de-ci, de-là, dans toutes les directions de l'Espace, mais vous ne pouvez aller de-ci, de-là dans le Temps.

— C'est là justement le germe de ma grande découverte. Mais vous avez tort de dire que nous ne pouvons pas nous mouvoir dans tous les sens du Temps. Par exemple, si je me rappelle très vivement quelque incident, je retourne au moment où il s'est produit. Je suis distrait, j'ai l'esprit absent comme vous dites. Je fais un saut en arrière pendant un moment. Naturellement, nous n'avons pas la faculté de demeurer en arrière pour une longueur indéfinie de Temps, pas plus qu'un sauvage ou un animal ne peut se maintenir à deux mètres en l'air. Mais l'homme civilisé est

better off than the savage in this respect. He can go up against gravitation in a balloon, and why should he not hope that ultimately he may be able to stop or accelerate his drift along the Time-Dimension, or even turn about and travel the other way?'

'Oh, *this*,' began Filby, 'is all —'

'Why not?' said the Time Traveller.

'It's against reason,' said Filby.

'What reason?' said the Time Traveller.

'You can show black is white by argument,' said Filby, 'but you will never convince me.'

'Possibly not,' said the Time Traveller. 'But now you begin to see the object of my investigations into the geometry of Four Dimensions. Long ago I had a vague inkling of a machine —'

'To travel through Time!' exclaimed the Very Young Man.

'That shall travel indifferently in any direction of Space and Time, as the driver determines.'

Filby contented himself with laughter.

'But I have experimental verification,' said the Time Traveller.

'It would be remarkably convenient for the historian,' the Psychologist suggested. 'One might travel back and verify the accepted account of the Battle of Hastings, for instance!'

à cet égard mieux pourvu que le sauvage. Il peut s'élever dans un ballon en dépit de la gravitation, et pourquoi ne pourrait-il espérer que finalement il lui sera permis d'arrêter ou d'accélérer son impulsion au long de la dimension du Temps, ou même de se retourner et de voyager dans l'autre sens ?

– Oh ! ça par exemple, commença Filby, c'est…

– Pourquoi pas ? demanda l'Explorateur du Temps.

– C'est contre la raison, acheva Filby.

– Quelle raison ? dit l'Explorateur du Temps.

– Vous pouvez par toutes sortes d'arguments démontrer que le blanc est noir et que le noir est blanc, dit Filby, mais vous ne me convaincrez jamais.

– Peut-être bien, dit l'Explorateur du Temps, mais vous commencez à voir maintenant quel fut l'objet de mes investigations dans la géométrie des quatre Dimensions. Il y a longtemps que j'avais une vague idée d'une machine…

– Pour voyager à travers le Temps ! s'exclama le Très Jeune Homme.

– … qui voyagera indifféremment dans toutes les directions de l'Espace et du Temps, au gré de celui qui la dirige. »

Filby se contenta de rire.

« Mais j'en ai la vérification expérimentale, dit l'Explorateur du Temps.

– Voilà qui serait fameusement commode pour un historien, suggéra le Psychologue. On pourrait retourner en arrière et vérifier par exemple les récits qu'on nous donne de la bataille de Hastings.

'Don't you think you would attract attention?' said the Medical Man. 'Our ancestors had no great tolerance for anachronisms.'

'One might get one's Greek from the very lips of Homer and Plato,' the Very Young Man thought.

'In which case they would certainly plough you for the Little-go. The German scholars have improved Greek so much.'

'Then there is the future,' said the Very Young Man. 'Just think! One might invest all one's money, leave it to accumulate at interest, and hurry on ahead!'

'To discover a society,' said I, 'erected on a strictly communistic basis.'

'Of all the wild extravagant theories!' began the Psychologist.

'Yes, so it seemed to me, and so I never talked of it until —'

'Experimental verification!' cried I. 'You are going to verify *that*?'

'The experiment!' cried Filby, who was getting brain-weary.

'Let's see your experiment anyhow,' said the Psychologist, 'though it's all humbug, you know.'

The Time Traveller smiled round at us. Then, still smiling faintly, and with his hands deep in his trousers pockets, he walked slowly out of the room, and we heard his slippers shuffling down the long passage to his laboratory.

– Ne pensez-vous pas que vous attireriez l'attention ? dit le médecin. Nos ancêtres ne toléraient guère l'anachronisme.

– On pourrait apprendre le grec des lèvres mêmes d'Homère et de Platon, pensa le Très Jeune Homme.

– Dans ce cas, ils vous feraient coller certainement à votre premier examen. Les savants allemands ont tellement perfectionné le grec !

– C'est là qu'est l'avenir ! dit le Très Jeune Homme. Pensez donc ! On pourrait placer tout son argent, le laisser s'accumuler à intérêts composés et se lancer en avant !

– À la découverte d'une société édifiée sur une base strictement communiste, dis-je.

– De toutes les théories extravagantes ou fantaisistes… commença le Psychologue.

– Oui, c'est ce qu'il me semblait ; aussi je n'en ai jamais parlé jusqu'à…

– La vérification expérimentale, m'écriai-je. Allez-vous vraiment vérifier cela ?

– L'expérience ! cria Filby qui se sentait la cervelle fatiguée.

– Eh bien, faites-nous voir votre expérience dit le Psychologue, bien que tout cela ne soit qu'une farce, vous savez ! »

L'Explorateur du Temps nous regarda tour à tour en souriant. Puis, toujours avec son léger sourire, et les mains enfoncées dans les poches de son pantalon, il sortit lentement du salon, et nous entendîmes ses pantoufles traîner dans le long passage qui conduisait à son laboratoire.

The Psychologist looked at us.

'I wonder what he's got?'

'Some sleight-of-hand trick or other,' said the Medical Man.

And Filby tried to tell us about a conjurer he had seen at Burslem; but before he had finished his preface the Time Traveller came back, and Filby's anecdote collapsed.

Le Psychologue nous regarda :

« Je me demande ce qu'il va faire.

– Quelque tour de passe-passe ou d'escamotage », dit le Docteur.

Puis Filby entama l'histoire d'un prestidigitateur qu'il avait vu à Burslem : mais avant même qu'il eût terminé son introduction, l'Explorateur du Temps revint, et l'anecdote en resta là.

2

The thing the Time Traveller held in his hand was a glittering metallic framework, scarcely larger than a small clock, and very delicately made. There was ivory in it, and some transparent crystalline substance.

And now I must be explicit, for this that follows — unless his explanation is to be accepted — is an absolutely unaccountable thing. He took one of the small octagonal tables that were scattered about the room, and set it in front of the fire, with two legs on the hearthrug. On this table he placed the mechanism. Then he drew up a chair, and sat down.

The only other object on the table was a small shaded lamp, the bright light of which fell upon the model. There were also perhaps a dozen candles about, two in brass candlesticks upon the mantel and several in sconces, so that the room was brilliantly illuminated. I sat in a low arm-chair nearest the fire,

2

La Machine

L'objet que l'Explorateur du Temps tenait à la main était une espèce de mécanique en métal brillant, à peine plus grande qu'une petite horloge, et très délicatement faite. Certaines parties étaient en ivoire, d'autres en une substance cristalline et transparente.

Il me faut tâcher maintenant d'être extrêmement précis, car ce qui suit – à moins d'accepter sans discussion les théories de l'Explorateur du Temps – est une chose absolument inexplicable. Il prit l'une des petites tables octogonales qui se trouvaient dans tous les coins de la pièce et il la plaça devant la cheminée, avec deux de ses pieds sur le devant du foyer. Sur cette table il plaça son mécanisme. Puis il approcha une chaise et s'assit.

Le seul autre objet sur la table était une petite lampe à abat-jour dont la vive clarté éclairait en plein la machine. Il y avait là aussi une douzaine de bougies, deux dans des appliques, de chaque côté de la cheminée, et plusieurs autres dans des candélabres, de sorte que la pièce était brillamment illuminée. Je m'assis moi-même dans un fauteuil bas, tout près du feu,

and I drew this forward so as to be almost between the Time Traveller and the fireplace. Filby sat behind him, looking over his shoulder. The Medical Man and the Provincial Mayor watched him in profile from the right, the Psychologist from the left. The Very Young Man stood behind the Psychologist. We were all on the alert. It appears incredible to me that any kind of trick, however subtly conceived and however adroitly done, could have been played upon us under these conditions.

The Time Traveller looked at us, and then at the mechanism.

'Well?' said the Psychologist.

'This little affair,' said the Time Traveller, resting his elbows upon the table and pressing his hands together above the apparatus, 'is only a model. It is my plan for a machine to travel through time. You will notice that it looks singularly askew, and that there is an odd twinkling appearance about this bar, as though it was in some way unreal.' He pointed to the part with his finger. 'Also, here is one little white lever, and here is another.'

The Medical Man got up out of his chair and peered into the thing.

'It's beautifully made,' he said.

'It took two years to make,' retorted the Time Traveller.

Then, when we had all imitated the action of the Medical Man, he said:

et je l'attirai en avant, de façon à me trouver presque entre l'Explorateur du Temps et le foyer. Filby s'était assis derrière lui, regardait par-dessus son épaule. Le Docteur et le Provincial l'observaient par côté et à droite ; le Psychologue, à gauche ; le Très Jeune Homme se tenait derrière le Psychologue. Nous étions tous sur le qui-vive ; et il me semble impossible que, dans ces conditions, nous ayons pu être dupes de quelque supercherie.

L'Explorateur du Temps nous regarda tour à tour, puis il considéra sa machine.

« Eh bien ? dit le Psychologue.

– Ce petit objet n'est qu'une maquette, dit l'Explorateur du Temps en posant ses coudes sur la table et joignant ses mains au-dessus de l'appareil. C'est le projet que j'ai fait d'une machine pour voyager à travers le Temps. Vous remarquerez qu'elle a l'air singulièrement louche, et que cette barre scintillante a un aspect bizarre, en quelque sorte irréel – il indiqua la barre avec son doigt. Voici encore ici un petit levier blanc, et là en voilà un autre. »

Le Docteur se leva et examina curieusement la chose.

« C'est admirablement construit, dit-il.

– J'ai mis deux ans à la faire », répondit l'Explorateur du Temps.

Puis, lorsque nous eûmes tous imité le Docteur, il continua :

'Now I want you clearly to understand that this lever, being pressed over, sends the machine gliding into the future, and this other reverses the motion. This saddle represents the seat of a time traveller. Presently I am going to press the lever, and off the machine will go. It will vanish, pass into future Time, and disappear. Have a good look at the thing. Look at the table too, and satisfy yourselves there is no trickery. I don't want to waste this model, and then be told I'm a quack.'

There was a minute's pause perhaps. The Psychologist seemed about to speak to me, but changed his mind. Then the Time Traveller put forth his finger towards the lever.

'No,' he said suddenly. 'Lend me your hand.'

And turning to the Psychologist, he took that individual's hand in his own and told him to put out his forefinger. So that it was the Psychologist himself who sent forth the model Time Machine on its interminable voyage. We all saw the lever turn. I am absolutely certain there was no trickery. There was a breath of wind, and the lamp flame jumped. One of the candles on the mantel was blown out, and the little machine suddenly swung round, became indistinct, was seen as a ghost for a second perhaps, as an eddy of faintly glittering brass and ivory; and it was gone—vanished! Save for the lamp the table was bare.

Everyone was silent for a minute. Then Filby said he was damned.

« Il vous faut maintenant comprendre nettement que ce levier, si on appuie dessus, envoie la machine glisser dans le futur, et que cet autre renverse le mouvement. Cette selle représente le siège de l'Explorateur du Temps. Tout à l'heure je presserai le levier, et la machine partira. Elle s'évanouira, passera dans les temps futurs et ne reparaîtra plus. Regardez-la bien. Examinez aussi la table et rendez-vous compte qu'il n'y a ici aucune supercherie. Je n'ai pas envie de perdre ce modèle pour m'entendre ensuite traiter de charlatan. »

Il y eut un silence d'une minute peut-être. Le Psychologue fut sur le point de me parler, mais il se ravisa. Alors l'Explorateur du Temps avança son doigt vers le levier.

« Non, dit-il tout à coup. Donnez-moi votre main. »

Et se tournant vers le Psychologue, il lui prit la main et lui dit d'étendre l'index. De sorte que ce fut le Psychologue qui, lui-même, mit en route pour son interminable voyage le modèle de la Machine du Temps. Nous vîmes tous le levier s'abaisser. Je suis absolument sûr qu'il n'y eut aucune supercherie. On entendit un petit sifflement et la flamme de la lampe fila. Une des bougies de la cheminée s'éteignit et la petite machine tout à coup oscilla, tourna sur elle-même, devint indistincte, apparut comme un fantôme pendant une seconde peut-être, comme un tourbillon de cuivre scintillant faiblement, puis elle disparut… Sur la table il ne restait plus que la lampe.

Pendant un moment chacun resta silencieux. Puis Filby jura.

The Psychologist recovered from his stupor, and suddenly looked under the table. At that the Time Traveller laughed cheerfully.

'Well?' he said, with a reminiscence of the Psychologist. Then, getting up, he went to the tobacco jar on the mantel, and with his back to us began to fill his pipe.

We stared at each other.

'Look here,' said the Medical Man, 'are you in earnest about this? Do you seriously believe that that machine has travelled into time?'

'Certainly,' said the Time Traveller, stooping to light a spill at the fire.

Then he turned, lighting his pipe, to look at the Psychologist's face. (The Psychologist, to show that he was not unhinged, helped himself to a cigar and tried to light it uncut.)

'What is more, I have a big machine nearly finished in there'—he indicated the laboratory—'and when that is put together I mean to have a journey on my own account.'

'You mean to say that that machine has travelled into the future?' said Filby.

'Into the future or the past—I don't, for certain, know which.'

After an interval the Psychologist had an inspiration.

'It must have gone into the past if it has gone anywhere,' he said.

Le Psychologue revint de sa stupeur, et tout à coup regarda sous la table. L'Explorateur du Temps éclata de rire gaiement.

« Eh bien ? » dit-il du même ton que le Psychologue. Puis, se levant, il alla vers le pot à tabac sur la cheminée et commença à bourrer sa pipe en nous tournant le dos.

Nous nous regardions tous avec étonnement.

« Dites donc, est-ce que tout cela est sérieux ? dit le Docteur. Croyez-vous sérieusement que cette machine est en train de voyager dans le Temps ?

— Certainement », dit notre ami, en se baissant vers la cheminée pour enflammer une allumette.

Puis il se retourna, en allumant sa pipe, pour regarder en face le Psychologue. Celui-ci, pour bien montrer qu'il n'était nullement troublé, prit un cigare et essaya de l'allumer, sans l'avoir coupé.

« Bien plus, j'ai ici, dit-il en indiquant le laboratoire, une grande machine presque terminée, et quand elle sera complètement montée, j'ai l'intention de faire moi-même avec elle un petit voyage.

— Vous prétendez que votre machine voyage dans l'avenir ? demanda Filby.

— Dans les temps à venir ou dans les temps passés ; ma foi, je ne sais pas bien lesquels. »

Un instant après, le Psychologue eut une inspiration.

« Si elle est allée quelque part, ce doit être dans le passé.

'Why?' said the Time Traveller.

'Because I presume that it has not moved in space, and if it travelled into the future it would still be here all this time, since it must have travelled through this time.'

'But,' I said, 'If it travelled into the past it would have been visible when we came first into this room; and last Thursday when we were here; and the Thursday before that; and so forth!'

'Serious objections,' remarked the Provincial Mayor, with an air of impartiality, turning towards the Time Traveller.

'Not a bit,' said the Time Traveller, and, to the Psychologist:

'You think. You can explain that. It's presentation below the threshold, you know, diluted presentation.'

'Of course,' said the Psychologist, and reassured us. 'That's a simple point of psychology. I should have thought of it. It's plain enough, and helps the paradox delightfully. We cannot see it, nor can we appreciate this machine, any more than we can the spoke of a wheel spinning, or a bullet flying through the air. If it is travelling through time fifty times or a hundred times faster than we are, if it gets through a minute while we get through a second, the impression it creates will of course be only one-fiftieth or one-hundredth of what it would make if it were not travelling in time. That's plain enough.'

– Pourquoi ? demanda l'Explorateur du Temps.

– Parce que je présume qu'elle ne s'est pas mue dans l'Espace, et si elle voyageait dans l'avenir, elle serait encore ici dans ce moment, puisqu'il lui faudrait parcourir ce moment-ci.

– Mais, dis-je, si elle voyageait dans le passé, elle aurait dû être visible quand nous sommes entrés tout à l'heure dans cette pièce ; de même que jeudi dernier et le jeudi d'avant et ainsi de suite.

– Objections sérieuses, remarqua d'un air d'impartialité le Provincial, en se tournant vers l'Explorateur du Temps.

– Pas du tout », répondit celui-ci.

Puis s'adressant au Psychologue :

« Vous qui êtes un penseur, vous pouvez expliquer cela. C'est du domaine de l'inconscient, de la perception affaiblie.

– Certes oui, dit le Psychologue en nous rassurant. C'est là un point très simple de psychologie. J'aurais dû y penser ; c'est assez évident et cela soutient merveilleusement le paradoxe. Nous ne pouvons pas plus voir ni apprécier cette machine que nous ne pouvons voir les rayons d'une roue lancée à toute vitesse ou un boulet lancé à travers l'espace. Si elle s'avance dans le Temps cinquante fois ou cent fois plus vite que nous, si elle parcourt une minute pendant que nous parcourons une seconde, l'impression produite sera naturellement un cinquantième ou un centième de ce qu'elle serait si la machine ne voyageait pas dans le Temps. C'est bien évident. »

He passed his hand through the space in which the machine had been.

'You see?' he said, laughing.

We sat and stared at the vacant table for a minute or so. Then the Time Traveller asked us what we thought of it all.

'It sounds plausible enough to-night,' said the Medical Man; 'but wait until to-morrow. Wait for the common sense of the morning.'

'Would you like to see the Time Machine itself?' asked the Time Traveller.

And therewith, taking the lamp in his hand, he led the way down the long, draughty corridor to his laboratory. I remember vividly the flickering light, his queer, broad head in silhouette, the dance of the shadows, how we all followed him, puzzled but incredulous, and how there in the laboratory we beheld a larger edition of the little mechanism which we had seen vanish from before our eyes. Parts were of nickel, parts of ivory, parts had certainly been filed or sawn out of rock crystal. The thing was generally complete, but the twisted crystalline bars lay unfinished upon the bench beside some sheets of drawings, and I took one up for a better look at it. Quartz it seemed to be.

'Look here,' said the Medical Man, 'are you perfectly serious? Or is this a trick—like that ghost you showed us last Christmas?'

Il passa sa main à la place où avait été la machine.

« Comprenez-vous ? » demanda-t-il en riant.

Nous restâmes assis, les yeux fixés sur la table vide, jusqu'à ce que notre ami nous eût demandé ce que nous pensions de tout cela.

« Ça me semble assez plausible, ce soir, dit le Docteur ; mais attendons jusqu'à demain, attendons le bon sens matinal.

– Voulez-vous voir la machine elle-même ? » demanda notre ami.

En disant cela, il prit une lampe et nous entraîna au long du corridor, exposé aux courants d'air, qui menait à son laboratoire. Je me rappelle très vivement la lumière tremblotante, la silhouette de sa grosse tête étrange, la danse des ombres, notre défilé à sa suite, tous ahuris mais incrédules ; et comment aussi nous aperçûmes dans le laboratoire une machine beaucoup plus grande que le petit mécanisme que nous avions vu disparaître sous nos yeux. Elle comprenait des parties de nickel, d'ivoire ; d'autres avaient été limées ou sciées dans le cristal de roche. L'ensemble était à peu près complet, sauf des barres de cristal torses qui restaient inachevées sur un établi, à côté de quelques esquisses et plans ; et j'en pris une pour mieux l'examiner : elle semblait être de quartz.

« Voyons ! dit le Docteur, parlez-vous tout à fait sérieusement ? ou bien n'est-ce qu'une supercherie, comme ce fantôme que vous nous avez fait voir à Noël ?

'Upon that machine,' said the Time Traveller, holding the lamp aloft, 'I intend to explore time. Is that plain? I was never more serious in my life.'

None of us quite knew how to take it.

I caught Filby's eye over the shoulder of the Medical Man, and he winked at me solemnly.

– J'espère bien, dit notre ami en élevant la lampe, explorer le Temps sur cette machine. Est-ce clair ? Je n'ai jamais été si sérieux de ma vie. »

Aucun de nous ne savait comment prendre cela.

Je rencontrai le regard de Filby par-dessus l'épaule du Docteur ; il eut un solennel clignement de paupières.

3

I think that at that time none of us quite believed in the Time Machine. The fact is, the Time Traveller was one of those men who are too clever to be believed: you never felt that you saw all round him; you always suspected some subtle reserve, some ingenuity in ambush, behind his lucid frankness. Had Filby shown the model and explained the matter in the Time Traveller's words, we should have shown *him* far less scepticism. For we should have perceived his motives; a pork butcher could understand Filby. But the Time Traveller had more than a touch of whim among his elements, and we distrusted him. Things that would have made the frame of a less clever man seemed tricks in his hands. It is a mistake to do things too easily. The serious people who took him seriously never felt quite sure of his deportment; they were somehow aware that trusting their reputations for judgment with him was like furnishing a nursery with egg-shell china. So I don't think

3
L'Explorateur revient

Je crois qu'aucun de nous ne crut alors à la machine. Le fait est que notre ami était un de ces hommes qui sont trop intelligents, trop habiles ou trop adroits pour qu'on les croie ; on avait avec lui l'impression qu'on ne le voyait jamais en entier ; on suspectait toujours quelque subtile réserve, quelque ingénuité en embuscade, derrière sa lucide franchise. Si c'eût été Filby qui nous eût montré le modèle et expliqué la chose, nous eussions été à son égard beaucoup moins sceptiques. Car nous nous serions rendu compte de ses motifs : un charcutier comprendrait Filby. Mais l'Explorateur du Temps avait plus qu'un soupçon de fantaisie parmi ses éléments constitutifs, et nous nous défiions de lui. Des choses qui auraient fait la renommée d'hommes beaucoup moins capables semblaient entre ses mains des supercheries. C'est une erreur de faire les choses trop facilement. Les gens graves qui le prenaient au sérieux ne se sentaient jamais sûrs de sa manière de faire. Ils semblaient en quelque sorte sentir qu'engager leurs réputations de sain jugement avec lui, c'était meubler une école avec des objets de porcelaine coquille d'œuf. Aussi je ne pense pas

any of us said very much about time travelling in the interval between that Thursday and the next, though its odd potentialities ran, no doubt, in most of our minds: its plausibility, that is, its practical incredibleness, the curious possibilities of anachronism and of utter confusion it suggested. For my own part, I was particularly preoccupied with the trick of the model. That I remember discussing with the Medical Man, whom I met on Friday at the Linnaean. He said he had seen a similar thing at Tubingen, and laid considerable stress on the blowing out of the candle. But how the trick was done he could not explain.

The next Thursday I went again to Richmond—I suppose I was one of the Time Traveller's most constant guests—and, arriving late, found four or five men already assembled in his drawing-room. The Medical Man was standing before the fire with a sheet of paper in one hand and his watch in the other. I looked round for the Time Traveller, and—'It's half-past seven now,' said the Medical Man. 'I suppose we'd better have dinner?'

'Where's— —?' said I, naming our host.

'You've just come? It's rather odd. He's unavoidably detained. He asks me in this note to lead off with dinner at seven if he's not back. Says he'll explain when he comes.'

'It seems a pity to let the dinner spoil,' said the Editor of a well-known daily paper; and thereupon the Doctor rang the bell.

qu'aucun de nous ait beaucoup parlé de l'Explorateur du Temps dans l'intervalle qui sépara ce jeudi-là du suivant, bien que tout ce qu'il comportait de virtualités bizarres hantât sans aucun doute la plupart de nos esprits : ses éventualités, c'est-à-dire tout ce qu'il y avait de pratiquement incroyable, les curieuses possibilités d'anachronisme et de complète confusion qu'il suggérait. Pour ma part, j'étais particulièrement préoccupé par l'escamotage de la maquette. Je me rappelle en avoir discuté avec le Docteur que je rencontrai le vendredi au Linnœan. Il me dit avoir vu une semblable mystification à Tübingen, et il attachait une grande importance à la bougie soufflée. Mais il ne pouvait expliquer de quelle façon le tour se jouait.

Le jeudi suivant, je me rendis à Richmond – car j'étais, je crois, un des hôtes les plus assidus de l'Explorateur du Temps – et, arrivant un peu tard, je trouvai quatre ou cinq amis déjà réunis au salon. Le Docteur était adossé à la cheminée, une feuille de papier dans une main et sa montre dans l'autre. Je cherchai des yeux l'Explorateur du Temps.

« Il est maintenant sept heures et demie, dit le Docteur ; je crois que nous ferons mieux de dîner.

– Où est-il ? dis-je en nommant notre hôte.

– C'est vrai, vous ne faites qu'arriver. C'est singulier. Il a été retenu sans pouvoir se dégager ; il a laissé ce mot pour nous inviter à nous mettre à table à sept heures s'il n'était pas là. Il ajoute qu'il expliquera son retard quand il rentrera.

– En effet, c'est pitoyable de laisser gâter le dîner », dit le Rédacteur en chef d'un journal quotidien bien connu ; et là-dessus, le Docteur sonna le dîner.

The Psychologist was the only person besides the Doctor and myself who had attended the previous dinner. The other men were Blank, the Editor aforementioned, a certain journalist, and another—a quiet, shy man with a beard—whom I didn't know, and who, as far as my observation went, never opened his mouth all the evening. There was some speculation at the dinner-table about the Time Traveller's absence, and I suggested time travelling, in a half-jocular spirit. The Editor wanted that explained to him, and the Psychologist volunteered a wooden account of the 'ingenious paradox and trick' we had witnessed that day week. He was in the midst of his exposition when the door from the corridor opened slowly and without noise. I was facing the door, and saw it first.

'Hallo!' I said. 'At last!'

And the door opened wider, and the Time Traveller stood before us. I gave a cry of surprise.

'Good heavens! man, what's the matter?' cried the Medical Man, who saw him next.

And the whole tableful turned towards the door.

He was in an amazing plight. His coat was dusty and dirty, and smeared with green down the sleeves; his hair disordered, and as it seemed to me greyer—either with dust and dirt or because its colour had actually faded. His face was ghastly pale; his chin had a brown cut on it—a cut half healed; his expression was haggard and drawn, as by intense suffering. For a moment he hesitated

Le Psychologue, le Docteur et moi étions les seuls qui eussions assisté au dîner précédent. Les autres étaient Blank, directeur du journal déjà mentionné, un certain journaliste et un autre personnage – tranquille, timide et barbu – que je ne connaissais pas et qui, autant que je pus l'observer, ne desserra pas les dents de toute la soirée. On fit à table maintes conjectures sur l'absence du maître de maison, et par plaisanterie je suggérai qu'il explorait peut-être sa quatrième dimension. Le Rédacteur en chef demanda une explication, et le Psychologue lui fit de bonne grâce un rapide récit du paradoxal et ingénieux subterfuge dont il avait été témoin huit jours auparavant. Au milieu de son explication, la porte du corridor s'ouvrit lentement et sans bruit. J'étais assis face à la porte et, le premier, je la vis s'ouvrir.

« Eh bien ! tout de même ! » m'écriai-je.

La porte s'ouvrit plus grande et l'Explorateur du Temps était devant nous. Je poussai un cri de surprise.

« Grand Dieu ! mais qu'arrive-t-il ? » demanda le Docteur qui l'aperçut ensuite.

Et tous les convives se tournèrent vers la porte.

Notre ami était dans un état surprenant. Son vêtement était poussiéreux et sale, souillé de taches verdâtres aux manches ; sa chevelure était emmêlée et elle me sembla plus grise – soit à cause de la poussière, soit que sa couleur ait réellement changé. Son visage était affreusement pâle. Il avait une profonde coupure au menton – une coupure à demi refermée. Il avait les traits tirés et l'air hagard de ceux qui sont en proie à une intense souffrance. Il hésita un instant,

in the doorway, as if he had been dazzled by the light.
Then he came into the room. He walked with just such a
limp as I have seen in footsore tramps. We stared at him
in silence, expecting him to speak.

He said not a word, but came painfully to the table,
and made a motion towards the wine. The Editor filled
a glass of champagne, and pushed it towards him. He
drained it, and it seemed to do him good: for he looked
round the table, and the ghost of his old smile flickered
across his face.

'What on earth have you been up to, man?' said
the Doctor.

The Time Traveller did not seem to hear.

'Don't let me disturb you,' he said, with a certain
faltering articulation. 'I'm all right.'

He stopped, held out his glass for more, and took it off
at a draught.

'That's good,' he said.

His eyes grew brighter, and a faint colour came into
his cheeks. His glance flickered over our faces with a
certain dull approval, and then went round the warm and
comfortable room. Then he spoke again, still as it were
feeling his way among his words.

'I'm going to wash and dress, and then I'll come down
and explain things … Save me some of that mutton. I'm
starving for a bit of meat.'

ébloui sans doute par la clarté. Puis il entra en boitant, tout comme eût fait un vagabond aux pieds endoloris. Nous le regardions en silence, attendant qu'il parlât.

Il n'ouvrit pas la bouche, mais s'avança péniblement jusqu'à la table, et fit un mouvement pour atteindre le vin. Le Rédacteur en chef remplit une coupe de champagne et la lui présenta. Il la vida jusqu'à la dernière goutte et parut se sentir mieux, car son regard fit le tour de la table et l'ombre de son sourire habituel erra sur ses lèvres.

« Que diable avez-vous bien pu faire ? » dit le Docteur.

L'Explorateur du Temps ne sembla pas entendre.

« Que je ne vous interrompe pas, surtout ! dit-il d'une voix mal assurée, je suis très bien. »

Il s'arrêta, tendit son verre pour qu'on le remplît et le vida d'un seul trait.

« Cela fait du bien ! » dit-il.

Ses yeux s'éclairèrent et une rougeur légère lui monta aux joies. Son regard parcourut rapidement nos visages avec une sorte de morne approbation et fit ensuite le tour de la salle chaude et confortable. Puis de nouveau il parla, comme s'il cherchait encore son chemin à travers ses mots.

« Je vais me laver et me changer, puis je redescendrai et vous donnerai les explications promises… Gardez-moi quelques tranches de mouton. Je meurs littéralement de faim. »

He looked across at the Editor, who was a rare visitor, and hoped he was all right. The Editor began a question.

'Tell you presently,' said the Time Traveller. 'I'm — funny! Be all right in a minute.'

He put down his glass, and walked towards the staircase door. Again I remarked his lameness and the soft padding sound of his footfall, and standing up in my place, I saw his feet as he went out. He had nothing on them but a pair of tattered, blood-stained socks. Then the door closed upon him. I had half a mind to follow, till I remembered how he detested any fuss about himself. For a minute, perhaps, my mind was wool-gathering. Then, 'Remarkable Behaviour of an Eminent Scientist,' I heard the Editor say, thinking (after his wont) in headlines. And this brought my attention back to the bright dinner-table.

'What's the game?' said the Journalist. 'Has he been doing the Amateur Cadger? I don't follow.'

I met the eye of the Psychologist, and read my own interpretation in his face. I thought of the Time Traveller limping painfully upstairs. I don't think any one else had noticed his lameness.

Il reconnut tout à coup le Rédacteur en chef, qui était un convive assez rare, et lui souhaita la bienvenue. Le Rédacteur commença une question.

« Je vous répondrai tout à l'heure, dit l'Explorateur du Temps. Je me sens un peu… drôle. Ça ira très bien dans un moment. »

Il posa son verre, et se dirigea vers la porte de l'escalier. Je remarquai à nouveau qu'il boitait et que son pied frappait lourdement le plancher, et en me levant un peu je pus voir ses pieds pendant qu'il sortait : il était simplement chaussé d'une paire de chaussettes déchirées et tachées de sang. Puis la porte se referma sur lui. J'avais bien envie de le suivre, mais je me rappelai combien il détestait qu'on fît des embarras à son endroit. Pendant un moment mon esprit battit la campagne. Puis j'entendis le Rédacteur en chef qui disait : "Singulière conduite d'un savant fameux" ; suivant son habitude il pensait en titres d'articles. Et cela ramena mon attention vers la table étincelante.

« Quelle est cette farce ? dit le journaliste. Est-ce qu'il aurait eu la fantaisie d'aller faire le coltineur-amateur ? Je n'y comprends rien. »

Mes yeux rencontrèrent ceux du Psychologue, et ils y lurent ma propre interprétation. Je pensai à notre ami se hissant péniblement dans les escaliers. Je ne crois pas que personne d'autre eût remarqué qu'il boitait.

The first to recover completely from this surprise was the Medical Man, who rang the bell — the Time Traveller hated to have servants waiting at dinner — for a hot plate. At that the Editor turned to his knife and fork with a grunt, and the Silent Man followed suit. The dinner was resumed. Conversation was exclamatory for a little while, with gaps of wonderment; and then the Editor got fervent in his curiosity.

'Does our friend eke out his modest income with a crossing? or has he his Nebuchadnezzar phases?' he inquired.

'I feel assured it's this business of the Time Machine,' I said, and took up the Psychologist's account of our previous meeting. The new guests were frankly incredulous. The Editor raised objections. 'What *was* this time travelling? A man couldn't cover himself with dust by rolling in a paradox, could he?' And then, as the idea came home to him, he resorted to caricature. Hadn't they any clothes-brushes in the Future? The Journalist too, would not believe at any price, and joined the Editor in the easy work of heaping ridicule on the whole thing. They were both the new kind of journalist — very joyous, irreverent young men. 'Our Special Correspondent in the Day after To-morrow reports,' the Journalist was saying — or rather shouting — when the Time Traveller came back. He was dressed in ordinary evening clothes, and nothing save his haggard look remained of the change that had startled me.

Le premier à revenir complètement de sa surprise fut le Docteur, qui sonna pour la suite du service – car notre ami ne pouvait pas supporter les domestiques sans cesse présents au dîner. Sur ce, le Rédacteur en chef prit son couteau et sa fourchette avec un grognement ; le personnage silencieux imita son exemple et l'on se remit à dîner. Tout d'abord la conversation se borna à quelques exclamations étonnées ; puis la curiosité du Rédacteur en chef devint pressante.

« Est-ce que notre ami augmente son modeste revenu en allant balayer les rues ? Ou bien subit-il des transformations à la Nabuchodonosor ?

– Je suis sûr, dis-je, que c'est encore cette histoire de la Machine du Temps. »

Je repris où le Psychologue l'avait laissé le récit de notre précédente réunion. Les nouveaux convives étaient franchement incrédules. Le Rédacteur en chef soulevait des objections : Qu'est-ce que c'était que ça, l'Exploration du Temps ? Est-ce qu'un homme se couvre de poussière à se rouler dans un paradoxe, voyons ? Puis comme il se familiarisait avec l'idée, il eut recours à la plaisanterie : Est-ce qu'il n'y avait donc plus de brosses à habit dans le Futur ? Le journaliste, lui aussi, ne voulait croire à aucun prix et se joignait au Rédacteur en chef dans la tâche facile de ridiculiser toute l'affaire. L'un et l'autre appartenaient à la nouvelle espèce de journalistes jeunes gens joyeux et très irrespectueux. « Le correspondant spécial que nous avons envoyé dans la semaine prochaine nous annonce... » disait, ou plutôt clamait, le Journaliste. Lorsque l'Explorateur du Temps réapparut. Il s'était mis en habit et rien – sinon ses yeux hagards – ne restait du changement qui m'avait d'abord effrayé.

'I say,' said the Editor hilariously, 'these chaps here say you have been travelling into the middle of next week! Tell us all about little Rosebery, will you? What will you take for the lot?'

The Time Traveller came to the place reserved for him without a word. He smiled quietly, in his old way.

'Where's my mutton?' he said. 'What a treat it is to stick a fork into meat again!'

'Story!' cried the Editor.

'Story be damned!' said the Time Traveller. 'I want something to eat. I won't say a word until I get some peptone into my arteries. Thanks. And the salt.'

'One word,' said I. 'Have you been time travelling?'

'Yes,' said the Time Traveller, with his mouth full, nodding his head.

'I'd give a shilling a line for a verbatim note,' said the Editor. The Time Traveller pushed his glass towards the Silent Man and rang it with his fingernail; at which the Silent Man, who had been staring at his face, started convulsively, and poured him wine. The rest of the dinner was uncomfortable. For my own part, sudden questions kept on rising to my lips, and I dare say it was the same with the others. The Journalist tried to relieve the tension by telling anecdotes of Hettie Potter. The Time Traveller devoted his attention to his dinner, and displayed the appetite of a tramp.

« Dites donc, lui demanda en riant le Rédacteur en chef, voilà qu'on me raconte que vous revenez d'un voyage dans le milieu de la semaine prochaine ! Révélez-nous les intentions du gouvernement, n'est-ce pas ? Combien voulez-vous pour l'article ? »

L'Explorateur du Temps vint s'asseoir sans dire un mot. Il souriait tranquillement à sa façon accoutumée.

« Où est ma part ? dit-il. Quel plaisir d'enfoncer encore une fourchette dans cette viande !

— Quelle blague ! dit le Rédacteur en chef.

— Au diable la blague ! dit l'Explorateur du Temps. J'ai besoin de manger, et je ne dirai pas un mot avant d'avoir remis un peu de peptones dans mon organisme. Merci. Passez-moi le sel.

— Un seul mot, dis-je. Vous revenez d'exploration ?

— Oui ! dit-il, la bouche pleine et en secouant la tête.

— Je donne un shilling la ligne pour un compte rendu in extenso », dit le Rédacteur en chef.

L'Explorateur poussa son verre du côté de l'Homme silencieux, et le fit tinter d'un coup d'ongle ; sur ce, l'Homme silencieux, qui le fixait avec ébahissement, sursauta et lui versa du vin. Le dîner s'acheva dans un malaise général. Pour ma part, de soudaines questions me venaient incessamment aux lèvres et je suis sûr qu'il en était de même pour les autres. Le journaliste essaya de diminuer la tension des esprits en contant des anecdotes. Notre ami donnait toute son attention à son dîner et semblait ne pas avoir mangé depuis une semaine.

The Medical Man smoked a cigarette, and watched the Time Traveller through his eyelashes. The Silent Man seemed even more clumsy than usual, and drank champagne with regularity and determination out of sheer nervousness. At last the Time Traveller pushed his plate away, and looked round us.

'I suppose I must apologize,' he said. 'I was simply starving. I've had a most amazing time.'

He reached out his hand for a cigar, and cut the end.

'But come into the smoking-room. It's too long a story to tell over greasy plates.'

And ringing the bell in passing, he led the way into the adjoining room.

'You have told Blank, and Dash, and Chose about the machine?' he said to me, leaning back in his easy-chair and naming the three new guests.

'But the thing's a mere paradox,' said the Editor.

'I can't argue to-night. I don't mind telling you the story, but I can't argue. I will,' he went on, 'tell you the story of what has happened to me, if you like, but you must refrain from interruptions. I want to tell it. Badly. Most of it will sound like lying. So be it! It's true—every word of it, all the same. I was in my laboratory at four o'clock, and since then ... I've lived eight days ... such days as no human being ever lived before! I'm nearly worn out, but I shan't sleep till I've told this thing over to you. Then I shall go to bed. But no interruptions! Is it agreed?'

Le Docteur fumait une cigarette et considérait l'Explorateur à travers ses paupières mi-closes. L'Homme silencieux semblait encore plus gauche que d'habitude et vida sa coupe de champagne avec une régularité et une détermination purement nerveuses. Enfin notre hôte repoussa son assiette, et nous regarda.

« Je vous dois des excuses, dit-il. Je mourais tout bonnement de faim. Mais j'ai passé quelques moments bien surprenants. »

Il atteignit un cigare dont il coupa le bout.

« Mais venez au fumoir. C'est une histoire trop longue pour la raconter au milieu de la vaisselle sale. »

Puis il sonna en se levant et nous conduisit dans la chambre attenante.

« Vous avez parlé de la Machine à Blank et aux autres ? me dit-il, en se renversant dans son fauteuil.

– Mais ce n'est qu'un paradoxe ! dit le Rédacteur en chef.

– Je ne puis pas discuter ce soir. Je veux bien vous raconter l'histoire, mais non pas la discuter. Je vais, continua-t-il, vous faire le récit de ce qui m'est arrivé, si vous y tenez, mais il faudra vous abstenir de m'interrompre. J'ai besoin de raconter, absolument. La plus grande partie vous semblera pure invention ; soit ! Mais tout est vrai du premier au dernier mot. J'étais dans mon laboratoire à quatre heures et depuis lors… j'ai vécu huit jours… des jours tels qu'aucun être humain n'en a vécu auparavant ! Je suis presque épuisé, mais je ne veux pas dormir avant de vous avoir conté la chose d'un bout à l'autre. Après cela, j'irai me reposer. Mais pas d'interruption ! Est-ce convenu ?

'Agreed,' said the Editor.

And the rest of us echoed 'Agreed.'

And with that the Time Traveller began his story as I have set it forth. He sat back in his chair at first, and spoke like a weary man. Afterwards he got more animated. In writing it down I feel with only too much keenness the inadequacy of pen and ink — and, above all, my own inadequacy — to express its quality. You read, I will suppose, attentively enough; but you cannot see the speaker's white, sincere face in the bright circle of the little lamp, nor hear the intonation of his voice. You cannot know how his expression followed the turns of his story! Most of us hearers were in shadow, for the candles in the smoking-room had not been lighted, and only the face of the Journalist and the legs of the Silent Man from the knees downward were illuminated. At first we glanced now and again at each other. After a time we ceased to do that, and looked only at the Time Traveller's face.

– Convenu ! » dit le Rédacteur en chef.

Et tous nous répétâmes : « Convenu ! »

Alors l'Explorateur du Temps raconta son histoire telle que je la transcris plus loin. Il s'enfonça d'abord dans son fauteuil, et parla du ton d'un homme fatigué ; peu à peu il s'anima. En l'écrivant, je ne sens que trop vivement l'insuffisance de la plume et du papier et surtout ma propre insuffisance pour l'exprimer avec toute sa valeur. Vous lirez, sans doute avec attention ; mais vous ne pourrez voir, dans le cercle brillant de la petite lampe, la face pâle et franche du conteur, et vous n'entendrez pas les inflexions de sa voix. Vous ne saurez pas combien son expression suivait les phases de son récit ! La plupart d'entre nous, qui écoutions, étions dans l'ombre, car les bougies des candélabres du fumoir n'avaient pas été allumées, et seules la face du journaliste et les jambes de l'Homme silencieux étaient éclairées. D'abord, nous nous regardions les uns les autres de temps en temps. Puis au bout d'un moment nous cessâmes de le faire pour rester les regards fixés sur le visage de l'Explorateur du Temps.

4

I told some of you last Thursday of the principles of the Time Machine, and showed you the actual thing itself, incomplete in the workshop. There it is now, a little travel-worn, truly; and one of the ivory bars is cracked, and a brass rail bent; but the rest of it's sound enough. I expected to finish it on Friday, but on Friday, when the putting together was nearly done, I found that one of the nickel bars was exactly one inch too short, and this I had to get remade; so that the thing was not complete until this morning. It was at ten o'clock to-day that the first of all Time Machines began its career. I gave it a last tap, tried all the screws again, put one more drop of oil on the quartz rod, and sat myself in the saddle. I suppose a suicide who holds a pistol to his skull feels much the same wonder at what will come next as I felt then. I took the starting lever in one hand and the stopping one in the other, pressed the first, and almost immediately

4

Le Voyage

« J'ai déjà exposé, jeudi dernier, à quelques-uns d'entre
vous, les principes de ma machine pour voyager
dans le Temps, et je vous l'ai montrée telle qu'elle était, mais
inachevée et sur le métier. Elle y est encore maintenant,
quelque peu fatiguée par le voyage, à vrai dire ; l'une des
barres d'ivoire est fendue, et une traverse de cuivre est
faussée ; mais le reste est encore assez solide. Je pensais l'avoir
terminée le vendredi ; mais vendredi, quand le montage
fut presque fini, je m'aperçus qu'un des barreaux de nickel
était trop court de deux centimètres et demi exactement, et
je dus le refaire, de sorte que la machine ne fut entièrement
achevée que ce matin. C'est donc aujourd'hui à dix heures
que la première de toutes les machines de ce genre commença
sa carrière. Je l'examinai une dernière fois, m'assurai de la
solidité des écrous, mis encore une goutte d'huile à la tringle
de quartz et m'installai sur la selle. Je suppose que celui qui
va se suicider et qui tient contre son crâne un pistolet doit
éprouver le même sentiment que j'éprouvai alors de curiosité
pour ce qui va se passer immédiatement après. Je pris dans
une main le levier de mise en marche et dans l'autre le levier
d'arrêt – j'appuyai sur le premier et presque immédiatement

the second. I seemed to reel; I felt a nightmare sensation of falling; and, looking round, I saw the laboratory exactly as before. Had anything happened? For a moment I suspected that my intellect had tricked me. Then I noted the clock. A moment before, as it seemed, it had stood at a minute or so past ten; now it was nearly half-past three!

'I drew a breath, set my teeth, gripped the starting lever with both hands, and went off with a thud. The laboratory got hazy and went dark. Mrs. Watchett came in and walked, apparently without seeing me, towards the garden door. I suppose it took her a minute or so to traverse the place, but to me she seemed to shoot across the room like a rocket. I pressed the lever over to its extreme position. The night came like the turning out of a lamp, and in another moment came to-morrow. The laboratory grew faint and hazy, then fainter and ever fainter. To-morrow night came black, then day again, night again, day again, faster and faster still. An eddying murmur filled my ears, and a strange, dumb confusedness descended on my mind.

'I am afraid I cannot convey the peculiar sensations of time travelling. They are excessively unpleasant. There is a feeling exactly like that one has upon a switchback — of a helpless headlong motion! I felt the same horrible anticipation, too, of an imminent smash. As I put on pace, night followed day like the flapping of a black wing.

sur le second. Je crus chanceler, puis j'eus une sensation de chute comme dans un cauchemar. Alors, regardant autour de moi, je vis mon laboratoire tel qu'à l'ordinaire. S'était-il passé quelque chose ? Un moment je soupçonnai mon intellect de m'avoir joué quelque tour. Je remarquai alors la pendule ; le moment d'avant elle marquait, m'avait-il semblé, une minute ou deux après dix heures ; maintenant il était presque trois heures et demie !

« Je respirai, serrai les dents, empoignai des deux mains le levier de mise en train et partis d'un seul coup. Le laboratoire devint brumeux, puis sombre. La servante entra, et se dirigea, sans paraître me voir, vers la porte donnant sur le jardin. Je suppose qu'il lui fallut une minute ou deux pour traverser la pièce, mais il me sembla qu'elle était lancée d'une porte à l'autre comme une fusée. J'appuyai sur le levier jusqu'à sa position extrême. La nuit vint comme on éteint une lampe ; et un moment après, demain était là. Le laboratoire devint confus et brumeux, et à chaque moment de plus en plus confus. Demain soir arriva tout obscur, puis le jour encore, puis une nuit, puis des jours et des nuits de plus en plus précipités ! Un murmure vertigineux emplissait mes oreilles, une mystérieuse confusion descendait sur mon esprit.

« Je crains de ne pouvoir exprimer les singulières sensations d'un voyage à travers le Temps. Elles sont excessivement déplaisantes. On éprouve exactement la même chose que sur les montagnes russes, dans les foires : un irrésistible élan, tête baissée ! J'éprouvais aussi l'horrible pressentiment d'un écrasement inévitable et imminent. Pendant cette course, la nuit suivait le jour comme le battement d'une grande aile noire.

The dim suggestion of the laboratory seemed presently to fall away from me, and I saw the sun hopping swiftly across the sky, leaping it every minute, and every minute marking a day. I supposed the laboratory had been destroyed and I had come into the open air. I had a dim impression of scaffolding, but I was already going too fast to be conscious of any moving things. The slowest snail that ever crawled dashed by too fast for me. The twinkling succession of darkness and light was excessively painful to the eye. Then, in the intermittent darknesses, I saw the moon spinning swiftly through her quarters from new to full, and had a faint glimpse of the circling stars. Presently, as I went on, still gaining velocity, the palpitation of night and day merged into one continuous greyness; the sky took on a wonderful deepness of blue, a splendid luminous color like that of early twilight; the jerking sun became a streak of fire, a brilliant arch, in space; the moon a fainter fluctuating band; and I could see nothing of the stars, save now and then a brighter circle flickering in the blue.

'The landscape was misty and vague. I was still on the hill-side upon which this house now stands, and the shoulder rose above me grey and dim. I saw trees growing and changing like puffs of vapour, now brown, now green; they grew, spread, shivered, and passed away. I saw huge buildings rise up faint and fair, and pass like dreams. The whole surface of the earth seemed changed—melting and flowing under my eyes.

L'obscure perception du laboratoire disparut bientôt et je vis le soleil sauter précipitamment à travers le ciel, bondissant à chaque minute, et chaque minute marquant un jour. Je pensai que le laboratoire avait dû être détruit et que j'étais maintenant en plein air. J'eus la vague impression d'escalader des échafaudages, mais j'allais déjà beaucoup trop vite pour avoir conscience des mouvements qui m'entouraient. L'escargot le plus lent qui rampa jamais bondissait trop vite pour que je le visse. La scintillante succession de la clarté et des ténèbres était extrêmement pénible à l'œil. Puis, dans les ténèbres intermittentes, je voyais la lune parcourir rapidement ses phases et j'entrevoyais faiblement les révolutions des étoiles. Bientôt, tandis que j'avançais avec une vélocité croissante, la palpitation du jour et de la nuit se fondit en une teinte grise continue. Le ciel revêtit une admirable profondeur bleue, une splendide nuance lumineuse comme celle des premières lueurs du crépuscule ; le soleil bondissant devint une traînée de feu, un arc lumineux dans l'espace ; la lune, une bande ondoyante et plus faible, et je ne voyais plus rien des étoiles, sinon de temps en temps un cercle brillant qui tremblotait.

« Le paysage était brumeux et vague ; j'étais toujours au flanc de la colline sur laquelle est bâtie cette maison, et la pente s'élevait au-dessus de moi, grise et confuse. Je vis des arbres croître et changer comme des bouffées de vapeur ; tantôt roux, tantôt verts ; ils croissaient, s'étendaient, se brisaient et disparaissaient. Je vis d'immenses édifices s'élever, vagues et splendides, et passer comme des rêves. Toute la surface de la terre semblait changée, ondoyant et s'évanouissant sous mes yeux.

The little hands upon the dials that registered my speed raced round faster and faster. Presently I noted that the sun belt swayed up and down, from solstice to solstice, in a minute or less, and that consequently my pace was over a year a minute; and minute by minute the white snow flashed across the world, and vanished, and was followed by the bright, brief green of spring.

'The unpleasant sensations of the start were less poignant now. They merged at last into a kind of hysterical exhilaration. I remarked indeed a clumsy swaying of the machine, for which I was unable to account. But my mind was too confused to attend to it, so with a kind of madness growing upon me, I flung myself into futurity. At first I scarce thought of stopping, scarce thought of anything but these new sensations. But presently a fresh series of impressions grew up in my mind—a certain curiosity and therewith a certain dread—until at last they took complete possession of me. What strange developments of humanity, what wonderful advances upon our rudimentary civilization, I thought, might not appear when I came to look nearly into the dim elusive world that raced and fluctuated before my eyes! I saw great and splendid architecture rising about me, more massive than any buildings of our own time, and yet, as it seemed, built of glimmer and mist. I saw a richer green flow up the hillside, and remain there, without any wintry intermission. Even through the veil of my confusion the earth seemed very fair. And so my mind came round to the business of stopping.

Les petites aiguilles, sur les cadrans qui enregistraient ma vitesse, couraient de plus en plus vite. Bientôt je remarquai que le cercle lumineux du soleil montait et descendait, d'un solstice à l'autre, en moins d'une minute, et que par conséquent j'allais à une vitesse de plus d'une année par minute ; et de minute en minute la neige blanche apparaissait sur le monde et s'évanouissait pour être suivie par la verdure brillante et courte du printemps.

« Les sensations désagréables du départ étaient maintenant moins poignantes. Elles se fondirent bientôt en une sorte d'euphorie nerveuse. Je remarquai cependant un balancement lourd de la machine, dont je ne pouvais m'expliquer la cause. Mais mon esprit était trop confus pour y faire grande attention. Si bien que je me lançais dans l'avenir avec une sorte de folie croissante. D'abord, à peine pensai-je à m'arrêter, à peine pensai-je à autre chose qu'à ces sensations nouvelles. Mais bientôt une autre série d'impressions me vint à l'esprit – une certaine curiosité et avec elle une certaine crainte –, jusqu'à ce qu'enfin elles se fussent complètement emparées de moi. Quels étranges développements de l'humanité, quelles merveilleuses avances sur notre civilisation rudimentaire n'allais-je pas apercevoir quand j'en arriverais à regarder de près ce monde vague et illusoire qui se déroulait et ondoyait devant mes yeux ! Je voyais des monuments d'une grande et splendide architecture s'élever autour de moi, plus massifs qu'aucun des édifices de notre époque, et cependant, me semblait-il, bâtis de brume et de faible clarté. Je vis un vert plus riche s'étendre sur la colline et demeurer là sans aucun intervalle d'hiver. Même à travers le voile qui noyait les choses, la terre semblait très belle. C'est alors que l'idée me vint d'arrêter la machine.

'The peculiar risk lay in the possibility of my finding some substance in the space which I, or the machine, occupied. So long as I travelled at a high velocity through time, this scarcely mattered; I was, so to speak, attenuated—was slipping like a vapour through the interstices of intervening substances! But to come to a stop involved the jamming of myself, molecule by molecule, into whatever lay in my way; meant bringing my atoms into such intimate contact with those of the obstacle that a profound chemical reaction—possibly a far-reaching explosion—would result, and blow myself and my apparatus out of all possible dimensions—into the Unknown. This possibility had occurred to me again and again while I was making the machine; but then I had cheerfully accepted it as an unavoidable risk—one of the risks a man has got to take! Now the risk was inevitable, I no longer saw it in the same cheerful light. The fact is that, insensibly, the absolute strangeness of everything, the sickly jarring and swaying of the machine, above all, the feeling of prolonged falling, had absolutely upset my nerve. I told myself that I could never stop, and with a gust of petulance I resolved to stop forthwith. Like an impatient fool, I lugged over the lever, and incontinently the thing went reeling over, and I was flung headlong through the air.

'There was the sound of a clap of thunder in my ears. I may have been stunned for a moment. A pitiless hail was hissing round me, and I was sitting on soft turf in front of the overset machine. Everything still seemed grey,

« Le risque que je courais était de trouver quelque nouvel objet à la place que la machine et moi occupions. Aussi longtemps que je voyageais à toute vitesse, cela importait fort peu. J'étais pour ainsi dire désintégré – je glissais comme un éther à travers les interstices des substances interposées ! Mais s'arrêter impliquait peut-être mon écrasement, molécule par molécule, dans ce qui pouvait se trouver sur mon passage, comportait un contact si intime de mes atomes avec ceux de l'obstacle qu'il en résulterait une profonde réaction chimique – peut-être une explosion formidable, qui m'enverrait, mon appareil et moi, hors de toute dimension possible... dans l'Inconnu. Cette possibilité s'était bien souvent présentée à mon esprit pendant que je construisais la machine ; mais alors je l'avais de bon cœur envisagée comme un risque nécessaire un de ces risques qu'un homme doit toujours accepter. Maintenant qu'il était inévitable, je ne le voyais plus du tout sous le même jour. Le fait est que, insensiblement, l'absolue étrangeté de toute chose, le balancement ou l'ébranlement écœurant de la machine, par-dessus tout la sensation de chute prolongée, avait absolument bouleversé mes nerfs. Je me disais que je ne pouvais plus m'arrêter et, dans un sursaut nerveux, je résolus de m'arrêter sur le champ. Avec une impatience d'insensé, je tirai sur le levier : aussitôt la machine se mit à ballotter, et je dégringolai la tête la première dans le vide.

« Il y eut un bruit de tonnerre dans mes oreilles ; je dus rester étourdi un moment. Une grêle impitoyable sifflait autour de moi, et je me trouvai assis, sur un sol mou, devant la machine renversée. Toutes choses me paraissaient encore grises,

but presently I remarked that the confusion in my ears was gone. I looked round me. I was on what seemed to be a little lawn in a garden, surrounded by rhododendron bushes, and I noticed that their mauve and purple blossoms were dropping in a shower under the beating of the hail-stones. The rebounding, dancing hail hung in a cloud over the machine, and drove along the ground like smoke. In a moment I was wet to the skin.

«Fine hospitality,» said I, «to a man who has travelled innumerable years to see you.»

'Presently I thought what a fool I was to get wet. I stood up and looked round me. A colossal figure, carved apparently in some white stone, loomed indistinctly beyond the rhododendrons through the hazy downpour. But all else of the world was invisible.

'My sensations would be hard to describe. As the columns of hail grew thinner, I saw the white figure more distinctly. It was very large, for a silver birch-tree touched its shoulder. It was of white marble, in shape something like a winged sphinx, but the wings, instead of being carried vertically at the sides, were spread so that it seemed to hover. The pedestal, it appeared to me, was of bronze, and was thick with verdigris. It chanced that the face was towards me; the sightless eyes seemed to watch me; there was the faint shadow of a smile on the lips. It was greatly weather-worn, and that imparted an unpleasant suggestion of disease. I stood looking at it for a little space—half a minute, perhaps,

mais je remarquai bientôt que le bruit confus dans mes oreilles s'était tu. Je regardai autour de moi. J'étais sur ce qui pouvait sembler une petite pelouse, dans un jardin, entouré de massifs de rhododendrons dont les pétales mauves et pourpres tombaient en pluie sous les volées de grêlons. La grêle dansante et rebondissante s'abattait sur la machine et descendait sur le sol comme une fumée. En un instant, je fus trempé jusqu'aux os.

« Excellente hospitalité, dis-je, envers un homme qui vient de parcourir d'innombrables années pour vous voir ! »

« Enfin je songeai qu'il était stupide de se laisser tremper ; je me levai et je cherchai des yeux où me réfugier. Une figure colossale, taillée apparemment dans quelque pierre blanche, apparaissait, incertaine, au-delà des rhododendrons, à travers l'averse brumeuse. Mais le reste du monde était invisible.

« Il serait malaisé de décrire mes sensations. Comme la grêle s'éclaircissait, j'aperçus plus distinctement la figure blanche. Elle devait être fort grande, car un bouleau ne lui allait qu'à l'épaule. Elle était de marbre blanc, et rappelait par sa forme quelque sphinx ailé, mais les ailes, au lieu d'être repliées verticalement, étaient étendues de sorte qu'elle semblait planer. Le piédestal, me sembla-t-il, était de bronze et couvert d'une épaisse couche de vert-de-gris. Il se trouva que la face était de mon côté, les yeux sans regard paraissaient m'épier ; il y avait sur les lèvres l'ombre affaiblie d'un sourire. L'ensemble était détérioré par les intempéries et donnait l'idée désagréable d'être rongé par une maladie. Je restai là à l'examiner pendant un certain temps – une demi-minute peut-être

or half an hour. It seemed to advance and to recede as the hail drove before it denser or thinner. At last I tore my eyes from it for a moment and saw that the hail curtain had worn threadbare, and that the sky was lightening with the promise of the sun.

'I looked up again at the crouching white shape, and the full temerity of my voyage came suddenly upon me. What might appear when that hazy curtain was altogether withdrawn?

'What might not have happened to men? What if cruelty had grown into a common passion? What if in this interval the race had lost its manliness and had developed into something inhuman, unsympathetic, and overwhelmingly powerful? I might seem some old-world savage animal, only the more dreadful and disgusting for our common likeness — a foul creature to be incontinently slain.

'Already I saw other vast shapes — huge buildings with intricate parapets and tall columns, with a wooded hill-side dimly creeping in upon me through the lessening storm. I was seized with a panic fear. I turned frantically to the Time Machine, and strove hard to readjust it. As I did so the shafts of the sun smote through the thunderstorm. The grey downpour was swept aside and vanished like the trailing garments of a ghost. Above me, in the intense blue of the summer sky, some faint brown shreds of cloud whirled into nothingness. The great buildings about me stood out clear and distinct, shining with

ou une demi-heure. Elle semblait reculer ou avancer suivant que la grêle tombait entre elle et moi plus ou moins dense. À la fin, je détournai mes yeux, et je vis que les nuages s'éclaircissaient et que le ciel s'éclairait de la promesse du soleil.

« Je reportai mes veux vers la forme blanche accroupie, et toute la témérité de mon voyage m'apparut subitement. Qu'allait-il survenir lorsque le rideau brumeux qui m'avait dissimulé jusque-là serait entièrement dissipé ?

« Qu'avait-il pu arriver aux hommes ? Que faire si la cruauté était devenue une passion commune ? Que faire si, dans cet intervalle, la race avait perdu son humanité, et s'était développée dans la malfaisance, la haine et une volonté farouche de puissance ? Je pourrais sembler quelque animal sauvage du vieux monde, d'autant plus horrible et dégoûtant que j'avais déjà leur conformation – un être mauvais qu'il fallait immédiatement supprimer.

« Déjà j'apercevais d'autres vastes formes, d'immenses édifices avec des parapets compliqués et de hautes colonnes, au flanc d'une colline boisée qui descendait doucement jusqu'à moi à travers l'orage apaisé. Je fus saisi d'une terreur panique. Je courus éperdument jusqu'à la machine et fis de violents efforts pour la remettre debout. Pendant ce temps, les rayons du soleil percèrent l'amoncellement des nuages. La pluie torrentielle passa et s'évanouit comme le vêtement traînant d'un fantôme. Au-dessus de moi, dans le bleu intense du ciel d'été, quelques légers et sombres lambeaux de nuages tourbillonnaient en se désagrégeant. Les grands édifices qui m'entouraient s'élevaient clairs et distincts, brillant sous

the wet of the thunderstorm, and picked out in white by the unmelted hailstones piled along their courses. I felt naked in a strange world. I felt as perhaps a bird may feel in the clear air, knowing the hawk wings above and will swoop. My fear grew to frenzy. I took a breathing space, set my teeth, and again grappled fiercely, wrist and knee, with the machine. It gave under my desperate onset and turned over. It struck my chin violently. One hand on the saddle, the other on the lever, I stood panting heavily in attitude to mount again.

'But with this recovery of a prompt retreat my courage recovered. I looked more curiously and less fearfully at this world of the remote future. In a circular opening, high up in the wall of the nearer house, I saw a group of figures clad in rich soft robes. They had seen me, and their faces were directed towards me.

'Then I heard voices approaching me. Coming through the bushes by the White Sphinx were the heads and shoulders of men running. One of these emerged in a pathway leading straight to the little lawn upon which I stood with my machine. He was a slight creature—perhaps four feet high—clad in a purple tunic, girdled at the waist with a leather belt. Sandals or buskins—I could not clearly distinguish which— were on his feet; his legs were bare to the knees, and his head was bare. Noticing that, I noticed for the first time how warm the air was.

l'éclat de l'averse récente, et ressortant en blanc avec des grêlons non fondus, amoncelés au long de leurs assises. Je me sentais comme nu dans un monde étrange. J'éprouvais ce que, peut-être, ressent l'oiseau dans l'air clair, lorsqu'il sait que le vautour plane et va s'abattre sur lui. Ma peur devenait de la frénésie. Je respirai fortement, serrai les dents, et en vint aux prises, furieusement, des poignets et des genoux, avec la machine : à mon effort désespéré, elle céda et se redressa, en venant me frapper violemment au menton. Une main sur la selle, l'autre sur le levier, je restai là, haletant sourdement, prêt à repartir.

« Mais avec l'espoir d'une prompte retraite, le courage me revint. Je considérai plus curieusement, et avec moins de crainte, ce monde d'un avenir éloigné. Dans une fenêtre ronde, très haut dans le mur du plus proche édifice, je vis un groupe d'êtres revêtus de riches et souples robes. Ils m'avaient vu, car leurs visages étaient tournés vers moi.

« J'entendis alors des voix qui approchaient. Venant à travers les massifs qui entouraient le Sphinx Blanc, je voyais les têtes et les épaules d'hommes qui couraient. L'un d'eux déboucha d'un sentier qui menait droit à la petite pelouse sur laquelle je me trouvais avec ma machine. C'était une délicate créature, haute d'environ un mètre vingt, vêtue d'une tunique de pourpre retenue à la taille par une ceinture de cuir. Des sandales ou des brodequins (je ne pus voir distinctement) recouvraient ses pieds ; ses jambes étaient nues depuis les genoux ; elle ne portait aucune coiffure. En faisant ces remarques, je m'aperçus pour la première fois de la douceur extrême de l'air.

'He struck me as being a very beautiful and graceful creature, but indescribably frail. His flushed face reminded me of the more beautiful kind of consumptive — that hectic beauty of which we used to hear so much. At the sight of him I suddenly regained confidence. I took my hands from the machine.'

« Je fus frappé par l'aspect de cette créature très belle et gracieuse, mais étonnamment frêle. Ses joues roses me rappelaient ces beaux visages de phtisiques – cette beauté hectique dont on nous a tant parlé. À sa vue, je repris soudainement confiance, et mes mains abandonnèrent la machine. »

_5_

'In another moment we were standing face to face, I and this fragile thing out of futurity. He came straight up to me and laughed into my eyes. The absence from his bearing of any sign of fear struck me at once. Then he turned to the two others who were following him and spoke to them in a strange and very sweet and liquid tongue.

'There were others coming, and presently a little group of perhaps eight or ten of these exquisite creatures were about me. One of them addressed me. It came into my head, oddly enough, that my voice was too harsh and deep for them. So I shook my head, and, pointing to my ears, shook it again. He came a step forward, hesitated, and then touched my hand. Then I felt other soft little tentacles upon my back and shoulders. They wanted to make sure I was real. There was nothing in this at all alarming. Indeed, there was something in these pretty little people that inspired confidence—a graceful gentleness, a certain childlike ease. And besides, they looked so frail that I could fancy myself flinging the whole dozen of them

5

Dans l'âge d'or

« En un instant nous étions face à face, cet être fragile et moi. Il s'avança sans hésiter et se mit à me rire au nez. L'absence de tout signe de crainte dans sa contenance me frappa tout à coup. Puis il se tourna vers les deux autres qui le suivaient et leur parla dans une langue étrange, harmonieuse et très douce.

« D'autres encore arrivèrent et j'eus bientôt autour de moi un groupe d'environ huit ou dix de ces êtres exquis. L'un d'eux m'adressa la parole. Il me vint à l'esprit, assez bizarrement, que ma voix était trop rude et trop profonde pour eux. Aussi je hochai la tête, et lui montrant mes oreilles, je la hochai de nouveau. Il fit un pas en avant, hésita et puis toucha ma main. Je sentis alors d'autres petits et tendres tentacules sur mon dos et mes épaules. Ils voulaient se rendre compte si j'étais bien réel. Il n'y avait rien d'alarmant à tout cela. De fait, il y avait dans les manières de ces jolis petits êtres quelque chose qui inspirait la confiance, une gracieuse gentillesse, une certaine aisance puérile. Et d'ailleurs ils paraissaient si frêles que je me figurais pouvoir renverser le groupe entier

about like nine-pins. But I made a sudden motion to warn them when I saw their little pink hands feeling at the Time Machine. Happily then, when it was not too late, I thought of a danger I had hitherto forgotten, and reaching over the bars of the machine I unscrewed the little levers that would set it in motion, and put these in my pocket. Then I turned again to see what I could do in the way of communication.

'And then, looking more nearly into their features, I saw some further peculiarities in their Dresden-china type of prettiness. Their hair, which was uniformly curly, came to a sharp end at the neck and cheek; there was not the faintest suggestion of it on the face, and their ears were singularly minute. The mouths were small, with bright red, rather thin lips, and the little chins ran to a point. The eyes were large and mild; and — this may seem egotism on my part — I fancied even that there was a certain lack of the interest I might have expected in them.

'As they made no effort to communicate with me, but simply stood round me smiling and speaking in soft cooing notes to each other, I began the conversation. I pointed to the Time Machine and to myself. Then hesitating for a moment how to express time, I pointed to the sun. At once a quaintly pretty little figure in chequered purple and white followed my gesture, and then astonished me by imitating the sound of thunder.

comme un jeu de quilles. Mais je fis un brusque mouvement pour les prévenir, lorsque je vis leurs petites mains roses tâter la machine. Heureusement, et alors qu'il n'était pas trop tard, j'aperçus un danger auquel jusqu'alors je n'avais pas pensé. J'atteignis les barres de la machine, je dévissai les petits leviers qui l'auraient mise en mouvement, et je les mis dans ma poche. Puis je cherchai à nouveau ce qu'il y aurait à faire pour communiquer avec mes hôtes.

« Alors, examinant de plus près leurs traits, j'aperçus de nouvelles particularités dans leur genre de joliesse de porcelaine de Saxe. Leur chevelure, qui était uniformément bouclée, se terminait brusquement sur les joues et le cou ; il n'y avait pas le moindre indice de système pileux sur la figure, et leurs oreilles étaient singulièrement menues. Leur bouche était petite, avec des lèvres d'un rouge vif, mais plutôt minces ; et leurs petits mentons finissaient en pointe. Leurs yeux étaient larges et doux et (ceci peut sembler égoïste de ma part) je me figurai même alors qu'il leur manquait une partie de l'attrait que je leur avais supposé tout d'abord.

« Comme ils ne faisaient aucun effort pour communiquer avec moi, mais simplement m'entouraient, souriant et conversant entre eux avec des intonations douces et caressantes, j'essayai d'entamer la conversation. Je leur indiquai du doigt la machine, puis moi-même ; ensuite, me demandant un instant comment j'exprimerais l'idée de Temps, je montrai du doigt le soleil. Aussitôt un gracieux et joli petit être, vêtu d'une étoffe bigarrée de pourpre et de blanc, suivit mon geste, et à mon grand étonnement imita le bruit du tonnerre.

'For a moment I was staggered, though the import of his gesture was plain enough. The question had come into my mind abruptly: were these creatures fools? You may hardly understand how it took me. You see I had always anticipated that the people of the year Eight Hundred and Two Thousand odd would be incredibly in front of us in knowledge, art, everything. Then one of them suddenly asked me a question that showed him to be on the intellectual level of one of our five-year-old children—asked me, in fact, if I had come from the sun in a thunderstorm! It let loose the judgment I had suspended upon their clothes, their frail light limbs, and fragile features. A flow of disappointment rushed across my mind. For a moment I felt that I had built the Time Machine in vain.

'I nodded, pointed to the sun, and gave them such a vivid rendering of a thunderclap as startled them. They all withdrew a pace or so and bowed. Then came one laughing towards me, carrying a chain of beautiful flowers altogether new to me, and put it about my neck. The idea was received with melodious applause; and presently they were all running to and fro for flowers, and laughingly flinging them upon me until I was almost smothered with blossom. You who have never seen the like can scarcely imagine what delicate and wonderful flowers countless years of culture had created. Then someone suggested that their plaything should be exhibited in the nearest building,

« Un instant je fus stupéfait, encore que la signification de son geste m'apparût suffisamment claire. Une question s'était posée subitement à moi : Est-ce que ces êtres étaient fous ? Vous pouvez difficilement vous figurer comment cette idée me vint. Vous savez que j'ai toujours cru que les gens qui vivront en l'année 802000 et quelques nous auraient surpassés d'une façon incroyable, en science, en art et en toute chose. Et voilà que l'un d'eux me posait tout à coup une question qui le plaçait au niveau intellectuel d'un enfant de cinq ans – l'un d'eux qui me demandait, en fait, si j'étais venu du soleil avec l'orage ! Cela gâta l'opinion que je m'étais faite d'eux d'après leurs vêtements, leurs membres frêles et légers et leurs traits fragiles. Je fus fortement déçu. Pendant un moment, je crus que j'avais inutilement inventé la Machine du Temps.

« J'inclinai la tête, indiquai de nouveau le soleil et parvins à imiter si parfaitement un coup de tonnerre qu'ils en tressaillirent. Ils reculèrent tous de quelques pas et s'inclinèrent. Alors l'un d'eux s'avança en riant vers moi, portant une guirlande de fleurs magnifiques et entièrement nouvelles pour moi, et il me la passa autour du cou. Son geste fut accueilli par un mélodieux applaudissement : et bientôt ils se mirent tous à courir de-ci, de-là, en cueillant des fleurs et en me les jetant avec des rires, jusqu'à ce que je fusse littéralement étouffé sous le flot. Vous qui n'avez jamais rien vu de semblable, vous ne pouvez guère vous imaginer quelles fleurs délicates et merveilleuses d'innombrables années de culture peuvent créer. Alors l'un d'eux suggéra que leur jouet devait être exhibé dans le plus proche édifice ;

and so I was led past the sphinx of white marble, which had seemed to watch me all the while with a smile at my astonishment, towards a vast grey edifice of fretted stone. As I went with them the memory of my confident anticipations of a profoundly grave and intellectual posterity came, with irresistible merriment, to my mind.

'The building had a huge entry, and was altogether of colossal dimensions. I was naturally most occupied with the growing crowd of little people, and with the big open portals that yawned before me shadowy and mysterious. My general impression of the world I saw over their heads was a tangled waste of beautiful bushes and flowers, a long neglected and yet weedless garden. I saw a number of tall spikes of strange white flowers, measuring a foot perhaps across the spread of the waxen petals. They grew scattered, as if wild, among the variegated shrubs, but, as I say, I did not examine them closely at this time. The Time Machine was left deserted on the turf among the rhododendrons.

'The arch of the doorway was richly carved, but naturally I did not observe the carving very narrowly, though I fancied I saw suggestions of old Phoenician decorations as I passed through, and it struck me that they were very badly broken and weather-worn. Several more brightly clad people met me in the doorway, and so we entered, I, dressed in dingy nineteenth-century garments, looking grotesque enough, garlanded with flowers, and surrounded by an eddying mass of bright, soft-colored robes and shining white limbs, in a melodious whirl of laughter and laughing speech.

ainsi je fus conduit vers un vaste monument de pierre grise et effritée, de l'autre côté du Sphinx de marbre blanc, qui, tout ce temps, avait semblé m'observer, en souriant de mon étonnement. Tandis que je les suivais, le souvenir de mes confiantes prévisions d'une postérité profondément grave et intellectuelle me revint à l'esprit et me divertit fort.

« L'édifice, de dimensions colossales, avait une large entrée. J'étais naturellement tout occupé de la foule croissante des petits êtres et des grands portails ouverts qui béaient devant moi, obscurs et mystérieux. Mon impression générale du monde ambiant était celle d'un gaspillage inextricable d'arbustes et de fleurs admirables, d'un jardin longtemps négligé et cependant sans mauvaises herbes. Je vis un grand nombre d'étranges fleurs blanches, en longs épis, avec des pétales de cire de près de quarante centimètres. Elles croissaient éparses, comme sauvages, parmi les arbustes variés, mais, comme je l'ai dit, je ne pus les examiner attentivement cette fois-là. La machine fut abandonnée sur la pelouse parmi les rhododendrons.

« L'arche de l'entrée était richement sculptée, mais je ne pus naturellement pas observer de très près les sculptures, encore que j'aie cru apercevoir, en passant, divers motifs d'antiques décorations phéniciennes, frappé de les voir si usées et mutilées. Je rencontrai sur le seuil du porche plusieurs êtres plus brillamment vêtus et nous entrâmes ainsi, moi habillé des ternes habits du XIXe siècle, d'aspect assez grotesque, entouré de cette masse tourbillonnante de robes aux nuances brillantes et douces et de membres délicats et blancs, dans un bruit confus de rires et d'exclamations joyeuses.

'The big doorway opened into a proportionately great hall hung with brown. The roof was in shadow, and the windows, partially glazed with coloured glass and partially unglazed, admitted a tempered light. The floor was made up of huge blocks of some very hard white metal, not plates nor slabs—blocks, and it was so much worn, as I judged by the going to and fro of past generations, as to be deeply channelled along the more frequented ways. Transverse to the length were innumerable tables made of slabs of polished stone, raised perhaps a foot from the floor, and upon these were heaps of fruits. Some I recognized as a kind of hypertrophied raspberry and orange, but for the most part they were strange.

'Between the tables was scattered a great number of cushions. Upon these my conductors seated themselves, signing for me to do likewise. With a pretty absence of ceremony they began to eat the fruit with their hands, flinging peel and stalks, and so forth, into the round openings in the sides of the tables. I was not loath to follow their example, for I felt thirsty and hungry. As I did so I surveyed the hall at my leisure.

'And perhaps the thing that struck me most was its dilapidated look. The stained-glass windows, which displayed only a geometrical pattern, were broken in many places, and the curtains that hung across the lower end were thick with dust. And it caught my eye that the corner of the marble table near me was fractured. Nevertheless, the general effect was extremely rich and picturesque.

« Le grand portail menait dans une salle relativement vaste, tendue d'étoffes sombres. Le plafond était dans l'obscurité et les fenêtres, garnies en partie de vitraux de couleur, laissaient pénétrer une lumière délicate. Le sol était formé de grands blocs d'un métal très blanc et dur – ni plaques, ni dalles, mais des blocs –, et il était si usé, par les pas, pensai-je, d'innombrables générations, que les passages les plus fréquentés étaient profondément creusés. Perpendiculaires à la longueur, il y avait une multitude de tables de pierre polie, hautes peut-être de quarante centimètres, sur lesquelles s'entassaient des fruits. J'en reconnus quelques-uns comme des espèces de framboises et d'oranges hypertrophiées, mais la plupart me paraissaient étranges.

« Entre les tables, les passages étaient jonchés de coussins sur lesquels s'assirent mes conducteurs en me faisant signe d'en faire autant. En une agréable absence de cérémonie, ils commencèrent à manger des fruits avec leurs mains, en jetant les pelures, les queues et tous leurs restes dans des ouvertures rondes pratiquées sur les côtés des tables. Je ne fus pas long à suivre leur exemple, car j'avais faim et soif ; et en mangeant je pus à loisir examiner la salle.

« La chose qui peut-être me frappa le plus fut son délabrement. Les vitraux, représentant des dessins géométriques, étaient brisés en maints endroits ; les rideaux qui cachaient l'extrémité inférieure de la salle étaient couverts de poussière, et je vis aussi que le coin de la table de marbre sur laquelle je mangeais était cassé. Néanmoins l'effet général restait extrêmement riche et pittoresque.

There were, perhaps, a couple of hundred people dining in the hall, and most of them, seated as near to me as they could come, were watching me with interest, their little eyes shining over the fruit they were eating. All were clad in the same soft and yet strong, silky material.

'Fruit, by the by, was all their diet. These people of the remote future were strict vegetarians, and while I was with them, in spite of some carnal cravings, I had to be frugivorous also. Indeed, I found afterwards that horses, cattle, sheep, dogs, had followed the Ichthyosaurus into extinction. But the fruits were very delightful; one, in particular, that seemed to be in season all the time I was there—a floury thing in a three-sided husk—was especially good, and I made it my staple. At first I was puzzled by all these strange fruits, and by the strange flowers I saw, but later I began to perceive their import.

'However, I am telling you of my fruit dinner in the distant future now. So soon as my appetite was a little checked, I determined to make a resolute attempt to learn the speech of these new men of mine. Clearly that was the next thing to do. The fruits seemed a convenient thing to begin upon, and holding one of these up I began a series of interrogative sounds and gestures. I had some considerable difficulty in conveying my meaning. At first my efforts met with a stare of surprise or inextinguishable laughter, but presently a fair-haired little creature seemed to grasp my intention and repeated a name. They had to chatter and explain the business at great length

Il y avait environ deux cents de ces êtres dînant dans la salle, et la plupart d'entre eux, qui étaient venus s'asseoir aussi près de moi qu'ils avaient pu, m'observaient avec intérêt, les yeux brillants de plaisir, en mangeant leurs fruits. Tous étaient vêtus de la même étoffe soyeuse, douce et cependant solide.

« Les fruits, d'ailleurs, composaient exclusivement leur nourriture. Ces gens d'un si lointain avenir étaient de stricts végétariens, et tant que je fus avec eux, malgré mes envies de viande, il me fallut aussi être frugivore. À vrai dire, je m'aperçus peu après que les chevaux, le bétail, les moutons, les chiens avaient rejoint l'ichtyosaure parmi les espèces disparues. Mais les fruits étaient délicieux ; l'un d'eux en particulier, qui parut être de saison tant que je fus là, à la chair farineuse dans une cosse triangulaire, était remarquablement bon et j'en fis mon mets favori. Je fus d'abord assez embarrassé par ces fruits et ces fleurs étranges, mais plus tard je commençai à apprécier leur valeur.

« En voilà assez sur ce dîner frugal. Aussitôt que je fus un peu restauré, je me décidai à tenter résolument d'apprendre tout ce que je pourrais du langage de mes nouveaux compagnons. C'était évidemment la première chose à faire. Les fruits même du repas me semblèrent convenir parfaitement pour une entrée en matière, et j'en pris un que j'élevai, en essayant une série de sons et de gestes interrogatifs. J'éprouvai une difficulté considérable à faire comprendre mon intention. Tout d'abord mes efforts ne rencontrèrent que des regards d'ébahissement ou des rires inextinguibles, mais tout à coup une petite créature sembla saisir l'objet de ma mimique et répéta un nom. Ils durent babiller et s'expliquer fort longuement la chose

to each other, and my first attempts to make the exquisite little sounds of their language caused an immense amount of amusement. However, I felt like a schoolmaster amidst children, and persisted, and presently I had a score of noun substantives at least at my command; and then I got to demonstrative pronouns, and even the verb «to eat.» But it was slow work, and the little people soon tired and wanted to get away from my interrogations, so I determined, rather of necessity, to let them give their lessons in little doses when they felt inclined. And very little doses I found they were before long, for I never met people more indolent or more easily fatigued.'

entre eux, et mes premières tentatives d'imiter les sons exquis de leur doux langage parurent les amuser énormément, d'une façon dénuée de toute affectation, encore qu'elle ne fût guère civile. Cependant je me faisais l'effet d'un maître d'école au milieu de jeunes enfants et je persistai si bien que je me trouvai bientôt en possession d'une vingtaine de mots au moins ; puis j'en arrivai aux pronoms démonstratifs et même au verbe manger. Mais ce fut long ; les petits êtres furent bientôt fatigués et éprouvèrent le besoin de fuir mes interrogations ; de sorte que je résolus, par nécessité, de prendre mes leçons par petites doses quand cela leur conviendrait. Je m'aperçus vite que ce serait par très petites doses ; car je n'ai jamais vu de gens plus indolents et plus facilement fatigués. »

6

A queer thing I soon discovered about my little hosts, and that was their lack of interest. They would come to me with eager cries of astonishment, like children, but like children they would soon stop examining me and wander away after some other toy. The dinner and my conversational beginnings ended, I noted for the first time that almost all those who had surrounded me at first were gone. It is odd, too, how speedily I came to disregard these little people. I went out through the portal into the sunlit world again as soon as my hunger was satisfied. I was continually meeting more of these men of the future, who would follow me a little distance, chatter and laugh about me, and, having smiled and gesticulated in a friendly way, leave me again to my own devices.

'The calm of evening was upon the world as I emerged from the great hall, and the scene was lit by the warm glow of the setting sun. At first things were very confusing. Everything was so entirely different from the world I had known—even the flowers. The big building

6

Le Crépuscule de l'humanité

« Bientôt je fis l'étrange découverte que mes petits hôtes ne s'intéressaient réellement à rien. Comme des enfants, ils s'approchaient de moi pleins d'empressement, avec des cris de surprise, mais, comme des enfants aussi, ils cessaient bien vite de m'examiner et s'éloignaient en quête de quelque autre bagatelle. Après le dîner et mes essais de conversation, je remarquai pour la première fois que tous ceux qui m'avaient entouré à mon arrivée étaient partis. Et de même, étrangement, j'arrivai vite à faire peu de cas de ces petits personnages. Ma faim et ma curiosité étant satisfaites, je retournai, en franchissant le porche, dehors à la clarté du soleil. Sans cesse je rencontrais de nouveaux groupes de ces humains de l'avenir, et ils me suivaient à quelque distance, bavardaient et riaient à mon sujet, puis, après m'avoir souri et fait quelques signaux amicaux, ils m'abandonnaient à mes réflexions.

« Quand je sortis du vaste édifice, le calme du soir descendait sur le monde, et la scène n'était plus éclairée que par les chaudes rougeurs du soleil couchant. Toutes choses me paraissaient bien confuses. Tout était si différent du monde que je connaissais – même les fleurs. Le grand édifice

I had left was situated on the slope of a broad river valley, but the Thames had shifted perhaps a mile from its present position. I resolved to mount to the summit of a crest, perhaps a mile and a half away, from which I could get a wider view of this our planet in the year Eight Hundred and Two Thousand Seven Hundred and One A.D. For that, I should explain, was the date the little dials of my machine recorded.

'As I walked I was watching for every impression that could possibly help to explain the condition of ruinous splendour in which I found the world—for ruinous it was. A little way up the hill, for instance, was a great heap of granite, bound together by masses of aluminium, a vast labyrinth of precipitous walls and crumpled heaps, amidst which were thick heaps of very beautiful pagoda-like plants—nettles possibly—but wonderfully tinted with brown about the leaves, and incapable of stinging. It was evidently the derelict remains of some vast structure, to what end built I could not determine. It was here that I was destined, at a later date, to have a very strange experience—the first intimation of a still stranger discovery—but of that I will speak in its proper place.

'Looking round with a sudden thought, from a terrace on which I rested for a while, I realized that there were no small houses to be seen. Apparently the single house, and possibly even the household, had vanished. Here and there among the greenery were palace-like buildings, but the house and the cottage, which form such characteristic features of our own English landscape, had disappeared.

que je venais de quitter était situé sur une pente qui descendait à un large fleuve ; mais la Tamise s'était transportée à environ un mille de sa position actuelle. Je résolus de gravir, à un mille et demi de là, le sommet de la colline, d'où je pourrais jeter un coup d'œil plus étendu sur cette partie de notre planète en l'an de grâce huit cent deux mille sept cent un, car telle était, comme j'aurais dû le dire déjà, la date qu'indiquaient les petits cadrans de la Machine.

« En avançant, j'étais attentif à toute impression qui eût pu, en quelque façon, m'expliquer la condition de splendeur ruinée dans laquelle je trouvais le monde — car tout avait l'apparence de ruines. Par exemple, il y avait à peu de distance, en montant la colline, un amas de blocs de granit, reliés par des masses d'aluminium, un vaste labyrinthe de murs à pic et d'entassements écroulés, parmi lesquels croissaient d'épais buissons de très belles plantes en forme de pagode, — des orties, semblait-il, — mais au feuillage merveilleusement teinté de brun, et ne pouvant piquer. C'étaient évidemment les restes abandonnés de quelque vaste construction, élevée dans un but que je ne pouvais déterminer. C'était là que je devais avoir un peu plus tard une bien étrange expérience — premier indice d'une découverte encore plus étrange — mais je vous en entretiendrai en temps voulu.

« D'une terrasse où je me reposai un instant, je regardai dans toutes les directions, à une soudaine pensée qui m'était venue, et je n'aperçus nulle part de petites habitations. Apparemment, la maison familiale et peut-être la famille n'existaient plus. Ici et là, dans la verdure, s'élevaient des sortes de palais, mais la maison isolée et le cottage, qui donnent une physionomie si caractéristique au paysage anglais, avaient disparu.

'«Communism,» said I to myself.

'And on the heels of that came another thought. I looked at the half-dozen little figures that were following me. Then, in a flash, I perceived that all had the same form of costume, the same soft hairless visage, and the same girlish rotundity of limb. It may seem strange, perhaps, that I had not noticed this before. But everything was so strange. Now, I saw the fact plainly enough. In costume, and in all the differences of texture and bearing that now mark off the sexes from each other, these people of the future were alike. And the children seemed to my eyes to be but the miniatures of their parents. I judged, then, that the children of that time were extremely precocious, physically at least, and I found afterwards abundant verification of my opinion.

'Seeing the ease and security in which these people were living, I felt that this close resemblance of the sexes was after all what one would expect; for the strength of a man and the softness of a woman, the institution of the family, and the differentiation of occupations are mere militant necessities of an age of physical force; where population is balanced and abundant, much childbearing becomes an evil rather than a blessing to the State; where violence comes but rarely and off-spring are secure, there is less necessity—indeed there is no necessity—for an efficient family, and the specialization of the sexes with reference to their children's needs disappears. We see some beginnings of this even in our own time, and in this future age it was complete. This, I must remind you,

« "C'est le communisme", me dis-je.

« Et sur les talons de celle-là vint une autre pensée. J'examinai la demi-douzaine de petits êtres qui me suivaient. Alors je m'aperçus brusquement que tous avaient la même forme de costume, le même visage imberbe au teint délicat, et la même mollesse des membres, comme de grandes fillettes. Il peut sans doute vous paraître étrange que je ne l'eusse pas remarqué. Mais tout était si étrange ! Pour le costume et les différences de tissus et de coupe, pour l'aspect et la démarche, qui de nos jours distinguent les sexes, ces humains du futur étaient identiques. Et à mes yeux les enfants semblaient n'être que les miniatures de leurs parents. J'en conclus que les enfants de ce temps étaient extrêmement précoces, physiquement du moins, et je pus par la suite vérifier abondamment cette opinion.

« L'aisance et la sécurité où vivaient ces gens me faisaient admettre que cette étroite ressemblance des sexes était après tout ce à quoi l'on devait s'attendre, car la force de l'homme et la faiblesse de la femme, l'institution de la famille et les différenciations des occupations sont les simples nécessités combatives d'un âge de force physique. Là où la population est abondante et équilibrée, de nombreuses naissances sont pour l'État un mal plutôt qu'un bien : là où la violence est rare et où la propagation de l'espèce n'est pas compromise, il y a moins de nécessité – réellement il n'y a aucune nécessité – d'une famille effective, et la spécialisation des sexes, par rapport aux besoins des enfants, disparaît. Nous en observons déjà des indices, et dans cet âge futur c'était un fait accompli. Ceci, je dois vous le rappeler,

was my speculation at the time. Later, I was to appreciate how far it fell short of the reality.

'While I was musing upon these things, my attention was attracted by a pretty little structure, like a well under a cupola. I thought in a transitory way of the oddness of wells still existing, and then resumed the thread of my speculations. There were no large buildings towards the top of the hill, and as my walking powers were evidently miraculous, I was presently left alone for the first time. With a strange sense of freedom and adventure I pushed on up to the crest.

'There I found a seat of some yellow metal that I did not recognize, corroded in places with a kind of pinkish rust and half smothered in soft moss, the arm-rests cast and filed into the resemblance of griffins' heads. I sat down on it, and I surveyed the broad view of our old world under the sunset of that long day. It was as sweet and fair a view as I have ever seen. The sun had already gone below the horizon and the west was flaming gold, touched with some horizontal bars of purple and crimson. Below was the valley of the Thames, in which the river lay like a band of burnished steel. I have already spoken of the great palaces dotted about among the variegated greenery, some in ruins and some still occupied. Here and there rose a white or silvery figure in the waste garden of the earth, here and there came the sharp vertical line of some cupola or obelisk. There were no hedges, no signs of proprietary rights, no evidences of agriculture; the whole earth had become a garden.

n'est qu'une simple conjecture que je faisais à ce moment-là. Plus tard, je devais apprécier jusqu'à quel point elle était éloignée de la réalité.

« Tandis que je m'attardais à ces choses, mon attention fut attirée par une jolie petite construction qui ressemblait à un puits sous une coupole. Je songeai, un moment, à la bizarrerie d'un puits au milieu de cette nature renouvelée, et je repris le fil de mes spéculations. Il n'y avait du côté du sommet de la colline aucun grand édifice, et comme mes facultés locomotrices tenaient évidemment du miracle, je me trouvai bientôt seul pour la première fois. Avec une étrange sensation de liberté et d'aventure, je me hâtai vers la crête.

« Je trouvai là un siège, fait d'un métal jaune que je ne reconnus pas et corrodé par places d'une sorte de rouille rosâtre, à demi recouvert de mousse molle ; les bras modelés et polis représentaient des têtes de griffons. Je m'assis et contemplai le spectacle de notre vieux monde, au soleil couchant de ce long jour. C'était un des plus beaux et agréables spectacles que j'aie jamais vus. Le soleil déjà avait franchi l'horizon, et l'ouest était d'or en flammes, avec des barres horizontales de pourpre et d'écarlate. Au-dessous était la vallée de la Tamise, dans laquelle le fleuve s'étendait comme une bande d'acier poli. J'ai déjà parlé des grands palais qui pointillaient de blanc les verdures variées, quelques-uns en ruine et quelques-autres encore occupés. Ici et là s'élevaient quelque forme blanche ou argentée dans le jardin désolé de la terre ; ici et là survenait la dure ligne verticale de quelque monument à coupole ou de quelque obélisque. Nulles haies ; nul signe de propriété, nulle apparence d'agriculture ; la terre entière était devenue un jardin.

'So watching, I began to put my interpretation upon the things I had seen, and as it shaped itself to me that evening, my interpretation was something in this way. (Afterwards I found I had got only a half-truth — or only a glimpse of one facet of the truth.)

'It seemed to me that I had happened upon humanity upon the wane. The ruddy sunset set me thinking of the sunset of mankind. For the first time I began to realize an odd consequence of the social effort in which we are at present engaged. And yet, come to think, it is a logical consequence enough. Strength is the outcome of need; security sets a premium on feebleness. The work of ameliorating the conditions of life — the true civilizing process that makes life more and more secure — had gone steadily on to a climax. One triumph of a united humanity over Nature had followed another. Things that are now mere dreams had become projects deliberately put in hand and carried forward. And the harvest was what I saw!

'After all, the sanitation and the agriculture of to-day are still in the rudimentary stage. The science of our time has attacked but a little department of the field of human disease, but even so, it spreads its operations very steadily and persistently. Our agriculture and horticulture destroy a weed just here and there and cultivate perhaps a score or so of wholesome plants, leaving the greater number to fight out a balance as they can. We improve our favourite plants and animals — and how few they are —

« Observant tous ces faits, je commençai à les coordonner et voici, sous la forme qu'elle prit ce soir-là, quel fut le sens de mon interprétation. Par la suite, je m'aperçus que je n'avais trouvé qu'une demi-vérité et n'avais même entrevu qu'une facette de la vérité.

« Je croyais être parvenu à l'époque du déclin du monde. Le crépuscule rougeâtre m'évoqua le crépuscule de l'humanité. Pour la première fois, je commençai à concevoir une conséquence bizarre de l'effort social où nous sommes actuellement engagés. Et cependant, remarquez-le, c'est une conséquence assez logique. La force est le produit de la nécessité : la sécurité entretient et encourage la faiblesse. L'œuvre d'amélioration des conditions de l'existence – le vrai progrès civilisant qui assure de plus en plus le confort et diminue l'inquiétude de la vie – était tranquillement arrivée à son point culminant. Les triomphes de l'humanité unie sur la nature s'étaient succédés sans cesse. Des choses qui ne sont, à notre époque, que des rêves, étaient devenues des réalités. Et ce que je voyais en était les fruits !

« Après tout, l'activité d'aujourd'hui, les conditions sanitaires et l'agriculture en sont encore à l'âge rudimentaire. La science de notre époque ne s'est attaquée qu'à un minuscule secteur du champ des maladies humaines, mais malgré cela elle étend ses opérations d'une allure ferme et persistante. Notre agriculture et notre horticulture détruisent à peine une mauvaise herbe ici et là, et cultivent peut-être une vingtaine de plantes saines, laissant les plus nombreuses compenser, comme elles peuvent, les mauvaises. Nous améliorons nos plantes et nos animaux favoris – et nous en avons si peu ! –

gradually by selective breeding; now a new and better peach, now a seedless grape, now a sweeter and larger flower, now a more convenient breed of cattle. We improve them gradually, because our ideals are vague and tentative, and our knowledge is very limited; because Nature, too, is shy and slow in our clumsy hands. Some day all this will be better organized, and still better. That is the drift of the current in spite of the eddies. The whole world will be intelligent, educated, and co-operating; things will move faster and faster towards the subjugation of Nature. In the end, wisely and carefully we shall readjust the balance of animal and vegetable life to suit our human needs.

'This adjustment, I say, must have been done, and done well; done indeed for all Time, in the space of Time across which my machine had leaped. The air was free from gnats, the earth from weeds or fungi; everywhere were fruits and sweet and delightful flowers; brilliant butterflies flew hither and thither. The ideal of preventive medicine was attained. Diseases had been stamped out. I saw no evidence of any contagious diseases during all my stay. And I shall have to tell you later that even the processes of putrefaction and decay had been profoundly affected by these changes.

'Social triumphs, too, had been effected. I saw mankind housed in splendid shelters, gloriously clothed, and as yet I had found them engaged in no toil. There were no signs of struggle, neither social nor economical struggle. The shop, the advertisement,

par la sélection et l'élevage ; tantôt une pêche nouvelle et meilleure, tantôt une grappe sans pépins, tantôt une fleur plus
belle et plus parfumée ; tantôt une espèce de bétail mieux
adaptée à nos besoins. Nous les améliorons graduellement,
parce que nos vues sont vagues et hésitantes, et notre connaissance des choses très limitée ; parce qu'aussi la Nature est timide et lente dans nos mains malhabiles. Un jour tout cela ira
de mieux en mieux. Tel est le sens du courant, en dépit des
reflux. Le monde entier sera intelligent, instruit et recherchera
la coopération ; toutes choses iront de plus en plus vite vers
la soumission de la Nature. À la fin, sagement et soigneusement nous réajusterons l'équilibre de la vie animale et de la
vie végétale pour qu'elles s'adaptent à nos besoins humains.

« "Ce réajustement, me disais-je, doit avoir été fait et bien
fait" : fait, à vrai dire, une fois pour toutes, dans l'espace du
temps à travers lequel ma machine avait bondi. Dans l'air, ni
moucherons, ni moustiques ; sur le sol, ni mauvaises herbes,
ni fongosités ; des papillons brillants voltigeaient de-ci, de-là.
L'idéal de la médecine préventive était atteint. Les maladies
avaient été exterminées. Je ne vis aucun indice de maladie
contagieuse quelconque pendant tout mon séjour. Et j'aurai
à vous dire plus tard que les processus de putréfaction et de
corruption eux-mêmes avaient été profondément affectés par
ces changements.

« Des triomphes sociaux avaient été obtenus. Je voyais
l'humanité hébergée en de splendides asiles, somptueusement
vêtue, et jusqu'ici je n'avais trouvé personne qui fût occupé
à un labeur quelconque. Nul signe, nulle part, de lutte, de
contestation sociale ou économique. La boutique, la réclame,

traffic, all that commerce which constitutes the body of our world, was gone. It was natural on that golden evening that I should jump at the idea of a social paradise. The difficulty of increasing population had been met, I guessed, and population had ceased to increase.

'But with this change in condition comes inevitably adaptations to the change. What, unless biological science is a mass of errors, is the cause of human intelligence and vigour? Hardship and freedom: conditions under which the active, strong, and subtle survive and the weaker go to the wall; conditions that put a premium upon the loyal alliance of capable men, upon self-restraint, patience, and decision. And the institution of the family, and the emotions that arise therein, the fierce jealousy, the tenderness for offspring, parental self-devotion, all found their justification and support in the imminent dangers of the young. *Now*, where are these imminent dangers? There is a sentiment arising, and it will grow, against connubial jealousy, against fierce maternity, against passion of all sorts; unnecessary things now, and things that make us uncomfortable, savage survivals, discords in a refined and pleasant life.

'I thought of the physical slightness of the people, their lack of intelligence, and those big abundant ruins, and it strengthened my belief in a perfect conquest of Nature. For after the battle comes Quiet. Humanity had been strong, energetic, and intelligent, and had used all its abundant vitality to alter the conditions under which it lived. And now came the reaction of the altered conditions.

le trafic, tout le commerce qui constitue la vie de notre monde n'existait plus. Il était naturel que par cette soirée resplendissante je saisisse avec empressement l'idée d'un paradis social. La difficulté que crée l'accroissement trop rapide de la population avait été surmontée et la population avait cessé de s'accroître.

« Mais avec ce changement des conditions viennent inévitablement les adaptations à ce changement, et à moins que la science biologique ne soit qu'un amas d'erreurs, quelles sont les causes de la vigueur et de l'intelligence humaines ? Les difficultés et la liberté : conditions sous lesquelles les individus actifs, vigoureux et souples, survivent et les plus faibles succombent ; conditions qui favorisent et récompensent l'alliance loyale des gens capables, l'empire sur soi-même, la patience, la décision. L'institution de la famille et les émotions qui en résultent : la jalousie féroce, la tendresse envers la progéniture, le dévouement du père et de la mère, tout cela trouve sa justification et son appui dans les dangers qui menacent les jeunes. Maintenant, où sont ces dangers ? Un sentiment nouveau s'élève contre la jalousie conjugale, contre la maternité farouche, contre les passions de toute sorte ; choses maintenant inutiles, qui nous entravent, survivances sauvages et discordantes dans une vie agréable et raffinée.

« Je songeai à la délicatesse physique de ces gens, à leur manque d'intelligence, à ces ruines énormes et nombreuses, et cela confirma mon opinion d'une conquête parfaite de la nature. Car après la lutte vient la quiétude. L'humanité avait été forte, énergique et intelligente et avait employé toute son abondante vitalité à transformer les conditions dans lesquelles elle vivait. Et maintenant les conditions nouvelles réagissaient à leur tour sur l'humanité.

'Under the new conditions of perfect comfort and security, that restless energy, that with us is strength, would become weakness. Even in our own time certain tendencies and desires, once necessary to survival, are a constant source of failure. Physical courage and the love of battle, for instance, are no great help—may even be hindrances—to a civilized man. And in a state of physical balance and security, power, intellectual as well as physical, would be out of place. For countless years I judged there had been no danger of war or solitary violence, no danger from wild beasts, no wasting disease to require strength of constitution, no need of toil. For such a life, what we should call the weak are as well equipped as the strong, are indeed no longer weak. Better equipped indeed they are, for the strong would be fretted by an energy for which there was no outlet. No doubt the exquisite beauty of the buildings I saw was the outcome of the last surgings of the now purposeless energy of mankind before it settled down into perfect harmony with the conditions under which it lived—the flourish of that triumph which began the last great peace. This has ever been the fate of energy in security; it takes to art and to eroticism, and then come languor and decay.

'Even this artistic impetus would at last die away—had almost died in the Time I saw. To adorn themselves with flowers, to dance, to sing in the sunlight: so much was left of the artistic spirit, and no more. Even that would fade in the end into a contented inactivity.

« Dans cette sécurité et ce confort parfaits, l'incessante énergie qui est notre force doit devenir faiblesse. De notre temps même, certains désirs et tendances, autrefois nécessaires à la survivance, sont des sources constantes de défaillances. Le courage physique et l'amour des combats, par exemple, ne sont pas à l'homme civilisé de grands secours – et peuvent même lui être obstacles. Dans un état d'équilibre physique et de sécurité, la puissance intellectuelle, aussi bien que physique, serait déplacée. J'en conclus que pendant d'innombrables années, il n'y avait eu aucun danger de guerre ou de violences isolées, aucun danger de bêtes sauvages, aucune épidémie qui aient requis de vigoureuses constitutions ou un besoin quelconque d'activité. Pour une telle vie, ceux que nous appellerions les faibles sont aussi bien équipés que les forts, et de fait ils ne sont plus faibles. Et même mieux équipés, car les forts seraient tourmentés par un trop-plein d'énergie. Nul doute que l'exquise beauté des édifices que je voyais ne fût le résultat des derniers efforts de l'énergie maintenant sans objet de l'humanité, avant qu'elle eût atteint sa parfaite harmonie avec les conditions dans lesquelles elle vivait – l'épanouissement de ce triomphe qui fut le commencement de l'ultime et grande paix. Ce fut toujours là le sort de l'énergie en sécurité ; elle se porte vers l'art et l'érotisme, et viennent ensuite la langueur et la décadence.

« Cette impulsion artistique elle-même doit à la fin s'affaiblir et disparaître – elle avait presque disparu à l'époque où j'étais. S'orner de fleurs, chanter et danser au soleil, c'était tout ce qui restait de l'esprit artistique ; rien de plus. Même cela devait à la fin faire place à une oisiveté satisfaite.

We are kept keen on the grindstone of pain and necessity, and, it seemed to me, that here was that hateful grindstone broken at last!

'As I stood there in the gathering dark I thought that in this simple explanation I had mastered the problem of the world—mastered the whole secret of these delicious people. Possibly the checks they had devised for the increase of population had succeeded too well, and their numbers had rather diminished than kept stationary. That would account for the abandoned ruins. Very simple was my explanation, and plausible enough—as most wrong theories are!'

Nous sommes incessamment aiguisés sur la meule de la souffrance et de la nécessité et voilà qu'enfin, me semblait-il, cette odieuse meule était brisée.

« Et je restais là, dans les ténèbres envahissantes, pensant avoir, par cette simple explication, résolu le problème du monde – pénétré le mystère de l'existence de ces délicieux êtres. Il se pouvait que les moyens qu'ils avaient imaginés pour restreindre l'accroissement de la population eussent trop bien réussi, et que leur nombre, au lieu de rester stationnaire, eût plutôt diminué. Cela eût expliqué l'abandon des ruines. Mon explication était très simple, et suffisamment plausible – comme le sont la plupart des théories erronées. »

7

'As I stood there musing over this too perfect trium-ph of man, the full moon, yellow and gibbous, came up out of an overflow of silver light in the nor-th-east. The bright little figures ceased to move about below, a noiseless owl flitted by, and I shivered with the chill of the night. I determined to descend and find where I could sleep.

'I looked for the building I knew. Then my eye travelled along to the figure of the White Sphinx upon the pedestal of bronze, growing distinct as the light of the rising moon grew brighter. I could see the silver birch against it. There was the tangle of rhododendron bushes, black in the pale light, and there was the little lawn. I looked at the lawn again. A queer doubt chilled my complacency. «No,» said I stoutly to myself, «that was not the lawn.»

'But it *was* the lawn. For the white leprous face of the sphinx was towards it. Can you imagine what I felt as this conviction came home to me? But you cannot. The Time Machine was gone!

7

Un coup inattendu

« Tandis que je méditais sur ce trop parfait triomphe de l'homme, la pleine lune, jaune et gibbeuse, surgit au nord-est, d'un débordement de lumière argentée. Les brillants petits êtres cessèrent de s'agiter au-dessous de moi, un hibou silencieux voltigea, et je frissonnai à l'air frais de la nuit. Je me décidai à descendre et à trouver un endroit où je pourrais dormir.

« Des yeux je cherchai l'édifice que je connaissais. Puis mon regard se prolongea jusqu'au Sphinx Blanc sur son piédestal de bronze, de plus en plus distinct à mesure que la lune montante devenait plus brillante. Je pouvais voir, tout auprès, le bouleau argenté. D'un côté, le fourré enchevêtré des rhododendrons, sombre dans la lumière pâle ; de l'autre, la petite pelouse. Un doute singulier glaça ma satisfaction.

« Non, me dis-je résolument, ce n'est pas la « pelouse. »

« Mais c'était bien la pelouse, car la face lépreuse et blême du Sphinx était tournée de son côté. Imaginez-vous ce que je dus ressentir lorsque j'en eus la parfaite conviction. Mais vous ne le pourrez pas… La Machine avait disparu !

'At once, like a lash across the face, came the possibility of losing my own age, of being left helpless in this strange new world. The bare thought of it was an actual physical sensation. I could feel it grip me at the throat and stop my breathing. In another moment I was in a passion of fear and running with great leaping strides down the slope. Once I fell headlong and cut my face; I lost no time in stanching the blood, but jumped up and ran on, with a warm trickle down my cheek and chin. All the time I ran I was saying to myself:

«They have moved it a little, pushed it under the bushes out of the way.»

'Nevertheless, I ran with all my might. All the time, with the certainty that sometimes comes with excessive dread, I knew that such assurance was folly, knew instinctively that the machine was removed out of my reach. My breath came with pain. I suppose I covered the whole distance from the hill crest to the little lawn, two miles perhaps, in ten minutes. And I am not a young man. I cursed aloud, as I ran, at my confident folly in leaving the machine, wasting good breath thereby. I cried aloud, and none answered. Not a creature seemed to be stirring in that moonlit world.

« À ce moment, comme un coup de fouet à travers la face, me vint à l'idée la possibilité de perdre ma propre époque, d'être laissé impuissant dans cet étrange nouveau monde. Cette seule pensée m'était une réelle angoisse physique. Je la sentais m'étreindre la gorge et me couper la respiration. Un instant après, j'étais en proie à un accès de folle crainte et je me mis à dévaler la colline, si bien que je m'étalai par terre de tout mon long et me fis cette coupure au visage. Je ne perdis pas un moment à étancher le sang, mais sautant de nouveau sur mes pieds, je me remis à courir avec, au long des joues et du menton, le petit ruissellement tiède du sang que je perdais. Pendant tout le temps que je courus, j'essayai de me tranquilliser :

« "Ils l'ont changée de place ; ils l'ont poussée sous les buissons, hors du chemin."

« Néanmoins, je courais de toutes mes forces. Tout le temps, avec cette certitude qui suit parfois une terreur excessive, je savais qu'une pareille assurance était simple folie, je savais instinctivement que la Machine avait été transportée hors de mon atteinte. Je respirais avec peine. Je suppose avoir parcouru la distance entière de la crête de la colline à la petite pelouse, trois kilomètres environ, en dix minutes, et je ne suis plus un jeune homme. En courant, je maudissais tout haut la folle confiance qui m'avait fait abandonner la Machine, et je gaspillais ainsi mon souffle. Je criais de toutes mes forces et personne ne répondait. Aucune créature ne semblait remuer dans ce monde que seule éclairait la clarté lunaire.

'When I reached the lawn my worst fears were realized. Not a trace of the thing was to be seen. I felt faint and cold when I faced the empty space among the black tangle of bushes. I ran round it furiously, as if the thing might be hidden in a corner, and then stopped abruptly, with my hands clutching my hair. Above me towered the sphinx, upon the bronze pedestal, white, shining, leprous, in the light of the rising moon. It seemed to smile in mockery of my dismay.

'I might have consoled myself by imagining the little people had put the mechanism in some shelter for me, had I not felt assured of their physical and intellectual inadequacy. That is what dismayed me: the sense of some hitherto unsuspected power, through whose intervention my invention had vanished. Yet, for one thing I felt assured: unless some other age had produced its exact duplicate, the machine could not have moved in time. The attachment of the levers — I will show you the method later — prevented any one from tampering with it in that way when they were removed. It had moved, and was hid, only in space. But then, where could it be?

'I think I must have had a kind of frenzy. I remember running violently in and out among the moonlit bushes all round the sphinx, and startling some white animal that, in the dim light, I took for a small deer. I remember,

« Quand je parvins à la pelouse, mes pires craintes se trouvèrent réalisées. Nulle trace de la Machine. Je me sentis défaillant et glacé lorsque je fus devant l'espace vide, parmi le sombre enchevêtrement des buissons. Courant furieusement, j'en fis le tour, comme si la Machine avait pu être cachée dans quelque coin, puis je m'arrêtai brusquement, m'étreignant la tête de mes mains. Au-dessus de moi, sur son piédestal de bronze, le Sphinx Blanc dominait, lépreux, luisant aux clartés de la lune qui montait. Il paraissait sourire et se railler de ma consternation.

« J'aurais pu me consoler en imaginant que les petits êtres avaient rangé la Machine sous quelque abri, si je n'avais pas été convaincu de leur imperfection physique et intellectuelle. C'est là ce qui me consternait : le sens de quelque pouvoir jusque-là insoupçonné, par l'intervention duquel mon invention avait disparu. Cependant j'étais certain d'une chose : à moins que quelque autre époque ait produit son exact duplicata, la Machine ne pouvait s'être mue dans le temps, les attaches des leviers empêchant, quand ceux-ci sont enlevés – je vous en montrerai tout à l'heure la méthode –, que quelqu'un expérimente d'une façon quelconque la Machine. On l'avait emportée et cachée seulement dans l'espace. Mais alors où pouvait-elle bien être ?

« Je crois que je dus être pris de quelque accès de frénésie ; je me rappelle avoir exploré à la clarté de la lune, en une précipitation violente, tous les buissons qui entouraient le Sphinx et avoir effrayé une espèce d'animal blanc, que, dans la clarté confuse, je pris pour un petit daim. Je me rappelle

too, late that night, beating the bushes with my clenched fist until my knuckles were gashed and bleeding from the broken twigs. Then, sobbing and raving in my anguish of mind, I went down to the great building of stone. The big hall was dark, silent, and deserted. I slipped on the uneven floor, and fell over one of the malachite tables, almost breaking my shin. I lit a match and went on past the dusty curtains, of which I have told you.

'There I found a second great hall covered with cushions, upon which, perhaps, a score or so of the little people were sleeping. I have no doubt they found my second appearance strange enough, coming suddenly out of the quiet darkness with inarticulate noises and the splutter and flare of a match. For they had forgotten about matches.

'«Where is my Time Machine?» I began, bawling like an angry child, laying hands upon them and shaking them up together.

'It must have been very queer to them. Some laughed, most of them looked sorely frightened. When I saw them standing round me, it came into my head that I was doing as foolish a thing as it was possible for me to do under the circumstances, in trying to revive the sensation of fear. For, reasoning from their daylight behaviour, I thought that fear must be forgotten.

'Abruptly, I dashed down the match, and, knocking one of the people over in my course, went blundering across the big dining-hall again, out under the moonlight.

aussi, tard dans la nuit, avoir battu les fourrés avec mes poings fermés jusqu'à ce que, à force de casser les menues branches, mes jointures fussent tailladées et sanglantes. Puis, sanglotant et délirant dans mon angoisse, je descendis jusqu'au grand bâtiment de pierre. La grande salle était obscure, silencieuse et déserte. Je glissai sur le sol inégal et tombai sur l'une des tables de malachite, me brisant presque le tibia. J'allumai une allumette et pénétrai au-delà des rideaux poussiéreux dont je vous ai déjà parlé.

« Là, je trouvai une autre grande salle couverte de coussins, sur lesquels une vingtaine environ de petits êtres dormaient. Je suis sûr qu'ils trouvèrent ma seconde apparition assez étrange, surgissant tout à coup des ténèbres paisibles avec des bruits inarticulés et le craquement et la flamme soudaine d'une allumette. Car ils ne savaient plus ce que c'était que des allumettes.

« "Où est la Machine ?" commençai-je, braillant comme un enfant en colère, les prenant et les secouant tour à tour.

« Cela dut leur sembler fort drôle. Quelques-uns rirent, la plupart semblaient douloureusement effrayés. Quand je les vis qui m'entouraient, il me vint à l'esprit que je faisais la pire sottise en essayant de faire revivre chez eux la sensation de peur. Car, raisonnant d'après leur façon d'être pendant le jour, je supposais qu'ils avaient oublié leurs frayeurs.

« Brusquement, je jetai l'allumette et, heurtant quelqu'un dans ma course, je sortis en courant à travers la grande salle à manger jusque dehors sous la clarté lunaire.

I heard cries of terror and their little feet running and stumbling this way and that. I do not remember all I did as the moon crept up the sky. I suppose it was the unexpected nature of my loss that maddened me. I felt hopelessly cut off from my own kind — a strange animal in an unknown world. I must have raved to and fro, screaming and crying upon God and Fate. I have a memory of horrible fatigue, as the long night of despair wore away; of looking in this impossible place and that; of groping among moon-lit ruins and touching strange creatures in the black shadows; at last, of lying on the ground near the sphinx and weeping with absolute wretchedness. I had nothing left but misery. Then I slept, and when I woke again it was full day, and a couple of sparrows were hopping round me on the turf within reach of my arm.

'I sat up in the freshness of the morning, trying to remember how I had got there, and why I had such a profound sense of desertion and despair. Then things came clear in my mind. With the plain, reasonable daylight, I could look my circumstances fairly in the face. I saw the wild folly of my frenzy overnight, and I could reason with myself.

«Suppose the worst?» I said. «Suppose the machine altogether lost — perhaps destroyed? It behoves me to be calm and patient, to learn the way of the people, to get a clear idea of the method of my loss, and the means of getting materials and tools;

J'entendis des cris de terreur et leurs petits pieds courir et trébucher de-ci, de-là. Je ne me rappelle pas tout ce que j'ai pu faire pendant que la lune parcourait le ciel. Je suppose que c'était la nature imprévue de ma perte qui m'affolait. Je me sentais sans espoir séparé de ceux de mon espèce – étrange animal dans un monde inconnu. Je dus sans doute errer en divaguant, criant et vociférant contre Dieu et le Destin. J'ai souvenir d'une horrible fatigue, tandis que la longue nuit de désespoir s'écoulait ; je me rappelle avoir cherché dans tel ou tel endroit impossible, tâtonné parmi les ruines et touché d'étranges créatures dans l'obscurité, et à la fin m'être étendu près du Sphinx et avoir pleuré misérablement, car même ma colère d'avoir eu la folie d'abandonner la Machine était partie avec mes forces. Il ne me restait rien que ma misère. Puis je m'endormis, lorsque je m'éveillai, il faisait jour et un couple de moineaux sautillait autour de moi sur le gazon, à portée de ma main.

« Je m'assis, essayant, dans la fraîcheur du matin, de me rappeler comment j'étais venu là et pourquoi j'avais une pareille sensation d'abandon et de désespoir. Alors les choses me revinrent claires à l'esprit. Avec la lumière distincte et raisonnable, je pouvais nettement envisager ma situation. Je compris la folle stupidité de ma frénésie de la veille et je pus me raisonner.

« Supposons le pire, disais-je. Supposons la Machine définitivement perdue, détruite peut-être ? Il m'est nécessaire d'être calme et patient ; d'apprendre les manières d'être de ces gens ; d'acquérir une idée nette de la façon dont ma perte s'était faite, et les moyens d'obtenir des matériaux et des outils,

so that in the end, perhaps, I may make another.» That would be my only hope, perhaps, but better than despair. And, after all, it was a beautiful and curious world.

'But probably, the machine had only been taken away. Still, I must be calm and patient, find its hiding-place, and recover it by force or cunning. And with that I scrambled to my feet and looked about me, wondering where I could bathe. I felt weary, stiff, and travel-soiled. The freshness of the morning made me desire an equal freshness. I had exhausted my emotion. Indeed, as I went about my business, I found myself wondering at my intense excitement overnight. I made a careful exa-mination of the ground about the little lawn. I wasted some time in futile questionings, conveyed, as well as I was able, to such of the little people as came by. They all failed to understand my gestures; some were simply stolid, some thought it was a jest and laughed at me. I had the hardest task in the world to keep my hands off their pretty laughing faces. It was a foolish impul-se, but the devil begotten of fear and blind anger was ill curbed and still eager to take advantage of my per-plexity. The turf gave better counsel. I found a groove ripped in it, about midway between the pedestal of the sphinx and the marks of my feet where, on arrival, I had struggled with the overturned machine. There were other signs of removal about, with queer narrow footprints like those I could imagine made by a sloth.

de façon à pouvoir peut-être, à la fin, faire une autre machine. Ce devait être là ma seule espérance, une pauvre espérance, sans doute, mais meilleure que le désespoir. Et après tout, c'était un monde curieux et splendide.

« Mais probablement la Machine n'avait été que soustraite. Encore fallait-il être calme et patient, trouver où elle avait été cachée, et la ravoir par ruse ou par force. Je me mis péniblement sur mes pieds et regardai tout autour de moi, me demandant où je pourrais procéder à ma toilette. Je me sentais fatigué, roide et sali par le voyage. La fraîcheur du matin me fit désirer une fraîcheur égale. J'avais épuisé mon émotion. À vrai dire, en cherchant ce qu'il me fallait, je fus surpris de mon excitation de la veille. J'examinai soigneusement le sol de la petite pelouse. Je perdis du temps en questions futiles, faites du mieux que je pus à ceux des petits êtres qui s'approchaient. Aucun ne parvint à comprendre mes gestes ; certains restèrent tout simplement stupides ; d'autres crurent à une plaisanterie et me rirent au nez. Ce fut pour moi la tâche la plus difficile au monde d'empêcher mes mains de gifler leurs jolies faces rieuses. C'était une impulsion absurde, mais le démon engendré par la crainte et la colère aveugle était mal contenu et toujours impatient de prendre avantage de ma perplexité. Le gazon me fut de meilleur conseil. Environ à moitié chemin du piédestal et des empreintes de pas qui signalaient l'endroit où, à mon arrivée, j'avais dû remettre debout la Machine, je trouvai une traînée dans le gazon. Il y avait, à côté, d'autres traces de transport avec d'étroites et bizarres marques de pas comme celles que j'aurais pu imaginer faites par un de ces curieux animaux qu'on appelle

This directed my closer attention to the pedestal. It was, as I think I have said, of bronze. It was not a mere block, but highly decorated with deep framed panels on either side. I went and rapped at these. The pedestal was hollow. Examining the panels with care I found them discontinuous with the frames. There were no handles or keyholes, but possibly the panels, if they were doors, as I supposed, opened from within. One thing was clear enough to my mind. It took no very great mental effort to infer that my Time Machine was inside that pedestal. But how it got there was a different problem.

'I saw the heads of two orange-clad people coming through the bushes and under some blossom-covered apple-trees towards me. I turned smiling to them and beckoned them to me. They came, and then, pointing to the bronze pedestal, I tried to intimate my wish to open it. But at my first gesture towards this they behaved very oddly. I don't know how to convey their expression to you. Suppose you were to use a grossly improper gesture to a delicate-minded woman—it is how she would look. They went off as if they had received the last possible insult. I tried a sweet-looking little chap in white next, with exactly the same result. Somehow, his manner made me feel ashamed of myself. But, as you know, I wanted the Time Machine, and I tried him once more. As he turned off, like the others, my temper got the better of me.

des paresseux. Cela ramena mon attention plus près du piédestal. Il était de bronze, comme je crois vous l'avoir dit. Ce n'était pas un simple bloc, mais il était fort bien décoré, sur chaque côté, de panneaux profondément encastrés. Je les frappai tour à tour. Le piédestal était creux. En examinant avec soin les panneaux, j'aperçus entre eux et les cadres un étroit intervalle. Il n'y avait ni poignées, ni serrures, mais peut-être que les panneaux, s'ils étaient des portes comme je le supposais, s'ouvraient en dedans. Une chose maintenant était assez claire à mon esprit, et il ne me fallut pas un grand effort mental pour inférer que ma Machine était dans ce piédestal. Mais comment elle y était entrée, c'était une autre question.

« Entre les buissons et sous les pommiers couverts de fleurs, j'aperçus les têtes de deux petites créatures drapées d'étoffes orange, venant vers moi. Je me tournai vers elles en leur souriant et leur faisant signe de s'approcher. Elles vinrent, et leur indiquant le piédestal de bronze, j'essayai de leur faire entendre que je désirais l'ouvrir. Mais dès mes premiers gestes, elles se comportèrent d'une façon très singulière. Je ne sais comment vous rendre leur expression. Supposez que vous fassiez à une dame respectable des gestes grossiers et malséants — elles avaient l'air qu'elle aurait pris. Elles s'éloignèrent comme si elles avaient reçu les pires injures. J'essayai ensuite l'effet de ma mimique sur un petit bonhomme vêtu de blanc et à l'air très doux : le résultat fut exactement le même. En un sens son attitude me rendit tout honteux. Mais vous comprenez, je voulais retrouver la Machine, et je recommençai ; quand je le vis tourner les talons comme les autres, ma mauvaise humeur eut le dessus.

In three strides I was after him, had him by the loose part of his robe round the neck, and began dragging him towards the sphinx. Then I saw the horror and repugnance of his face, and all of a sudden I let him go.

'But I was not beaten yet. I banged with my fist at the bronze panels. I thought I heard something stir inside—to be explicit, I thought I heard a sound like a chuckle—but I must have been mistaken. Then I got a big pebble from the river, and came and hammered till I had flattened a coil in the decorations, and the verdigris came off in powdery flakes. The delicate little people must have heard me hammering in gusty outbreaks a mile away on either hand, but nothing came of it. I saw a crowd of them upon the slopes, looking furtively at me. At last, hot and tired, I sat down to watch the place. But I was too restless to watch long; I am too Occidental for a long vigil. I could work at a problem for years, but to wait inactive for twenty-four hours—that is another matter.

'I got up after a time, and began walking aimlessly through the bushes towards the hill again.

'«Patience,» said I to myself. «If you want your machine again you must leave that sphinx alone. If they mean to take your machine away, it's little good your wrecking their bronze panels, and if they don't, you will get it back as soon as you can ask for it. To sit among all those unknown things before a puzzle like that is hopeless. That way lies monomania. Face this world.

En trois enjambées, je l'eus rejoint, attrapé par la partie flottante de son vêtement autour du cou, et je le traînai du côté du Sphinx. Mais sa figure avait une telle expression d'horreur et de répugnance que je le lâchai.

« Cependant je ne voulais pas encore m'avouer battu ; je heurtai de mes poings les panneaux de bronze. Je crus entendre quelque agitation à l'intérieur – pour être plus clair, je crus distinguer des rires étouffés – mais je dus me tromper. Alors j'allai chercher au fleuve un gros caillou et me remis à marteler un panneau, jusqu'à ce que j'eusse aplati le relief d'une décoration et que le vert-de-gris fût tombé par plaques poudreuses. Les fragiles petits êtres durent m'entendre frapper à violentes reprises, jusqu'à quinze cents mètres ; mais ils ne se dérangèrent pas. Je pouvais les voir par groupes sur les pentes, jetant de mon côté des regards furtifs. Enfin, essoufflé et fatigué, je m'assis pour surveiller la place. Mais j'étais trop agité pour rester longtemps tranquille. Je suis trop occidental pour une longue faction. Je pourrais travailler au même problème pendant des années, mais rester inactif vingt-quatre heures – c'est une autre affaire.

« Au bout d'un instant je me levai et je me mis à marcher sans but à travers les fourrés et vers la colline.

« "Patience, me disais-je, si tu veux avoir ta Machine, il te faut laisser le Sphinx tranquille. S'ils veulent la garder, il est inutile d'abîmer leurs panneaux de bronze, et s'ils ne veulent pas la garder, ils te la rendront aussitôt que tu pourras la leur réclamer. S'acharner, parmi toutes ces choses inconnues, sur une énigme comme celle-là est désespérant. C'est le chemin de la monomanie. Affronte ce monde nouveau.

Learn its ways, watch it, be careful of too hasty guesses at its meaning. In the end you will find clues to it all.»

'Then suddenly the humour of the situation came into my mind: the thought of the years I had spent in study and toil to get into the future age, and now my passion of anxiety to get out of it. I had made myself the most complicated and the most hopeless trap that ever a man devised. Although it was at my own expense, I could not help myself. I laughed aloud.

'Going through the big palace, it seemed to me that the little people avoided me. It may have been my fancy, or it may have had something to do with my hammering at the gates of bronze. Yet I felt tolerably sure of the avoidance. I was careful, however, to show no concern and to abstain from any pursuit of them, and in the course of a day or two things got back to the old footing. I made what progress I could in the language, and in addition I pushed my explorations here and there. Either I missed some subtle point or their language was excessively simple — almost exclusively composed of concrete substantives and verbs. There seemed to be few, if any, abstract terms, or little use of figurative language. Their sentences were usually simple and of two words, and I failed to convey or understand any but the simplest propositions. I determined to put the thought of my Time Machine and the mystery of the bronze doors under the sphinx as much as possible in a corner of memory, until my growing knowledge

Apprends ses mœurs, observe-le, abstiens-toi de conclusion hâtive quant à ses intentions. À la fin tu trouveras le fil de tout cela." »

« Alors je m'aperçus tout à coup du comique de la situation : la pensée des années que j'avais employées en études et en labeurs pour parvenir aux âges futurs, et maintenant l'ardente angoisse d'en sortir. Je m'étais fabriqué le traquenard le plus compliqué et le plus désespérant qu'un homme eût jamais imaginé. Bien que ce fût à mes propres dépens, je ne pouvais m'en empêcher : je riais aux éclats.

« Comme je traversais le grand palais, il me sembla que les petits êtres m'évitaient. Était-ce simple imagination de ma part ? ou l'effet de mes coups de pierre dans les portes de bronze ? Quoi qu'il en soit, j'étais à peu près sûr qu'ils me fuyaient. Je pris soin néanmoins de ne rien laisser paraître, et de m'abstenir de les poursuivre ; au bout de deux ou trois jours, les choses se remirent sur le même pied qu'auparavant. Je fis tous les progrès que je pus dans leur langage et de plus je poussai des explorations ici et là. À moins que je n'eusse pas aperçu quelque point subtil, leur langue était excessivement simple – presque exclusivement composée de substantifs concrets et de verbes. Il ne paraissait pas y avoir beaucoup – s'il y en avait – de termes abstraits, et ils employaient peu la langue figurée. Leurs phrases étaient habituellement très simples, composées de deux mots, et je ne pouvais leur faire entendre – et comprendre moi-même – que les plus simples propositions. Je me décidai à laisser l'idée de ma Machine et le mystère des portes de bronze autant que possible à l'écart, jusqu'à ce que mes connaissances augmentées

would lead me back to them in a natural way. Yet a certain feeling, you may understand, tethered me in a circle of a few miles round the point of my arrival.'

pussent m'y ramener d'une façon naturelle. Cependant un certain sentiment, comme vous pouvez le comprendre, me retenait dans un cercle de quelques kilomètres autour du lieu de mon arrivée. »

8

So far as I could see, all the world displayed the same exuberant richness as the Thames valley. From every hill I climbed I saw the same abundance of splendid buildings, endlessly varied in material and style, the same clustering thickets of evergreens, the same blossom-laden trees and tree-ferns. Here and there water shone like silver, and beyond, the land rose into blue undulating hills, and so faded into the serenity of the sky. A peculiar feature, which presently attracted my attention, was the presence of certain circular wells, several, as it seemed to me, of a very great depth. One lay by the path up the hill, which I had followed during my first walk. Like the others, it was rimmed with bronze, curiously wrought, and protected by a little cupola from the rain. Sitting by the side of these wells, and peering down into the shafted darkness, I could see no gleam of water, nor could I start any reflection with a lighted match. But in all of them I heard a certain sound: a thud—thud—thud, like the beating of some big engine;

8

Explorations

« Aussi loin que je pouvais voir, le monde étalait la même exubérante richesse que la vallée de la Tamise. De chaque colline que je gravis, je pus voir la même abondance d'édifices splendides, infiniment variés de style et de manière ; les mêmes épais taillis de sapins, les mêmes arbres couverts de fleurs et les mêmes fougères géantes. Ici et là, de l'eau brillait comme de l'argent, et au-delà, la campagne s'étendait en bleues ondulations de collines et disparaissait au loin dans la sérénité du ciel. Un trait particulier, qui attira bientôt mon attention, fut la présence de certains puits circulaires, plusieurs, à ce qu'il me sembla, d'une très grande profondeur. L'un d'eux était situé auprès du sentier qui montait la colline, celui que j'avais suivi lors de ma première excursion. Comme les autres, il avait une margelle de bronze curieusement travaillé, et il était protégé de la pluie par une petite coupole. Assis sur le rebord de ces puits, et scrutant leur obscurité profonde, je ne pouvais voir aucun reflet d'eau, ni produire la moindre réflexion avec la flamme de mes allumettes. Mais dans tous j'entendis un certain son : un bruit sourd, par intervalles, comme les battements d'une énorme machine ;

and I discovered, from the flaring of my matches, that a steady current of air set down the shafts. Further, I threw a scrap of paper into the throat of one, and, instead of fluttering slowly down, it was at once sucked swiftly out of sight.

'After a time, too, I came to connect these wells with tall towers standing here and there upon the slopes; for above them there was often just such a flicker in the air as one sees on a hot day above a sun-scorched beach. Putting things together, I reached a strong suggestion of an extensive system of subterranean ventilation, whose true import it was difficult to imagine. I was at first inclined to associate it with the sanitary apparatus of these people. It was an obvious conclusion, but it was absolutely wrong.

'And here I must admit that I learned very little of drains and bells and modes of conveyance, and the like conveniences, during my time in this real future. In some of these visions of Utopias and coming times which I have read, there is a vast amount of detail about building, and social arrangements, and so forth. But while such details are easy enough to obtain when the whole world is contained in one's imagination, they are altogether inaccessible to a real traveller amid such realities as I found here. Conceive the tale of London which a negro, fresh from Central Africa, would take back to his tribe! What would he know of railway companies, of social movements, of telephone and telegraph wires,

et d'après la direction de la flamme de mes allumettes, je découvris qu'un courant d'air régulier était établi dans les puits. En outre, je jetai dans l'orifice de l'un d'eux une feuille de papier, et au lieu de descendre lentement en voltigeant, elle fut immédiatement aspirée et je la perdis de vue.

« En peu de temps, j'en vins à établir un rapport entre ces puits et de hautes tours qui s'élevaient, çà et là, sur les pentes ; car il y avait souvent au-dessus d'elles ce même tremblotement d'air que l'on voit par une journée très chaude au-dessus d'une grève brûlée de soleil. En rassemblant ces observations, j'arrivai à la forte présomption d'un système de ventilation souterraine, dont il m'était difficile d'imaginer le but véritable. Je fus incliné d'abord à l'associer à l'organisation sanitaire de ce monde. C'était une conclusion qui tombait sous le sens, mais elle était absolument fausse.

« Il me faut admettre ici que je n'appris que fort peu de chose des égouts, des horloges, des moyens de transports et autres commodités, pendant mon séjour dans cet avenir réel. Dans quelques-unes des visions d'Utopie et des temps à venir que j'ai lues, il y avait des quantités de détails sur la construction, les arrangements sociaux, et ainsi de suite. Mais ces détails, qui sont assez facile à obtenir quand le monde entier est contenu dans votre seule imagination, sont absolument inaccessibles à un véritable voyageur, surtout parmi la réalité telle que je la rencontrai là. Imaginez-vous ce qu'un nègre arrivant de l'Afrique centrale raconterait de Londres ou de Paris à son retour dans sa tribu ! Que saurait-il des compagnies de chemin de fer, des mouvements sociaux, du téléphone et du télégraphe,

of the Parcels Delivery Company, and postal orders and the like? Yet we, at least, should be willing enough to explain these things to him! And even of what he knew, how much could he make his untravelled friend either apprehend or believe? Then, think how narrow the gap between a negro and a white man of our own times, and how wide the interval between myself and these of the Golden Age! I was sensible of much which was unseen, and which contributed to my comfort; but save for a general impression of automatic organization, I fear I can convey very little of the difference to your mind.

'In the matter of sepulture, for instance, I could see no signs of crematoria nor anything suggestive of tombs. But it occurred to me that, possibly, there might be cemeteries (or crematoria) somewhere beyond the range of my explorings. This, again, was a question I deliberately put to myself, and my curiosity was at first entirely defeated upon the point. The thing puzzled me, and I was led to make a further remark, which puzzled me still more: that aged and infirm among this people there were none.

'I must confess that my satisfaction with my first theories of an automatic civilization and a decadent humanity did not long endure. Yet I could think of no other. Let me put my difficulties. The several big palaces I had explored were mere living places, great dining-halls and sleeping apartments.

des colis postaux, des mandats-poste et autres choses de ce genre ? Et cependant nous, du moins, lui expliquerions volontiers tout cela ! Et même ce qu'il saurait bien, pourrait-il seulement le faire concevoir à un ami de sa savane ? Et puis, songez au peu de différence qu'il y a entre un nègre et un blanc de notre époque, et quel immense intervalle me séparait de cet âge heureux ! J'avais conscience de côtoyer des choses cachées qui contribuaient à mon confort ; mais, excepté l'impression d'une organisation automatique, je crains de ne pas vous faire suffisamment saisir la différence entre notre civilisation et la leur.

« Pour ce qui est des sépultures, par exemple, je ne pouvais voir aucun signe de crémation, ni rien qui puisse faire penser à des tombes ; mais il me vint à l'idée qu'il pouvait exister des cimetières ou des fours crématoires quelque part au-delà de mon champ d'exploration. Ce fut là une question que je me posai et sur ce point ma curiosité fut absolument mise en déroute. La chose m'embarrassait et je fus amené à faire une remarque ultérieure qui m'embarrassa encore plus : c'est qu'il n'y avait parmi ces gens aucun individu âgé ou infirme.

« Je dois avouer que la satisfaction que j'avais de ma première théorie d'une civilisation automatique et d'une humanité en décadence ne dura pas longtemps. Cependant, je n'en pouvais concevoir d'autre. Laissez-moi vous exposer mes difficultés. Les divers grands palais que j'avais explorés n'étaient que de simples résidences, de grandes salles à manger et d'immenses dortoirs.

'I could find no machinery, no appliances of any kind. Yet these people were clothed in pleasant fabrics that must at times need renewal, and their sandals, though undecorated, were fairly complex specimens of metalwork. Somehow such things must be made. And the little people displayed no vestige of a creative tendency. There were no shops, no workshops, no sign of importations among them. They spent all their time in playing gently, in bathing in the river, in making love in a half-playful fashion, in eating fruit and sleeping. I could not see how things were kept going.

'Then, again, about the Time Machine: something, I knew not what, had taken it into the hollow pedestal of the White Sphinx.

'Why? For the life of me I could not imagine. Those waterless wells, too, those flickering pillars. I felt I lacked a clue. I felt—how shall I put it? Suppose you found an inscription, with sentences here and there in excellent plain English, and interpolated therewith, others made up of words, of letters even, absolutely unknown to you? Well, on the third day of my visit, that was how the world of Eight Hundred and Two Thousand Seven Hundred and One presented itself to me!

'That day, too, I made a friend—of a sort. It happened that, as I was watching some of the little people bathing in a shallow, one of them was seized with cramp and began drifting downstream. The main current ran rather swiftly, but not too strongly for even a moderate swimmer.

« Je ne pus trouver ni machines, ni matériel d'aucune sorte. Pourtant ces gens étaient vêtus de beaux tissus qu'il fallait bien renouveler de temps à autre, et leurs sandales, quoique sans ornements, étaient des spécimens assez complexes de travail métallique. D'une façon ou d'une autre, il fallait les fabriquer. Et ces petites créatures ne faisaient montre d'aucun vestige de tendances créatrices ; il n'y avait ni boutiques, ni ateliers. Ils passaient tout leur temps à jouer gentiment, à se baigner dans le fleuve, à se faire la cour d'une façon à demi badine, à manger des fruits et à dormir. Je ne pouvais me rendre compte de la manière dont tout cela durait et se maintenait.

« Mais revenons à la Machine du Temps ; quelqu'un, je ne savais qui, l'avait enfermée dans le piédestal creux du Sphinx Blanc. Pourquoi ?

« J'étais absolument incapable de l'imaginer, pas plus qu'il ne m'était possible de découvrir l'usage de ces puits sans eau et de ces colonnes de ventilation. Il me manquait là un fil conducteur. Je sentais… comment vous expliquer cela ? Supposez que vous trouviez une inscription, avec des phrases ici et là claires et écrites en excellent anglais, mais interpolées, d'autres faites de mots, de lettres même qui vous soient absolument inconnues ! Eh bien, le troisième jour de ma visite, c'est de cette manière que se présentait à moi le monde de l'an huit cent deux mil sept cent un.

« Ce jour-là aussi je me fis une amie – en quelque sorte. Comme je regardais quelques-uns de ces petits êtres se baigner dans une anse du fleuve, l'un d'entre eux fut pris de crampes et dériva au fil de l'eau. Le courant principal était assez tort, mais peu redoutable, même pour un nageur ordinaire.

It will give you an idea, therefore, of the strange deficiency in these creatures, when I tell you that none made the slightest attempt to rescue the weakly crying little thing which was drowning before their eyes. When I realized this, I hurriedly slipped off my clothes, and, wading in at a point lower down, I caught the poor mite and drew her safe to land. A little rubbing of the limbs soon brought her round, and I had the satisfaction of seeing she was all right before I left her. I had got to such a low estimate of her kind that I did not expect any gratitude from her. In that, however, I was wrong.

'This happened in the morning. In the afternoon I met my little woman, as I believe it was, as I was returning towards my centre from an exploration, and she received me with cries of delight and presented me with a big garland of flowers — evidently made for me and me alone. The thing took my imagination. Very possibly I had been feeling desolate. At any rate I did my best to display my appreciation of the gift. We were soon seated together in a little stone arbour, engaged in conversation, chiefly of smiles. The creature's friendliness affected me exactly as a child's might have done. We passed each other flowers, and she kissed my hands. I did the same to hers. Then I tried talk, and found that her name was Weena, which, though I don't know what it meant, somehow seemed appropriate enough. That was the beginning of a queer friendship which lasted a week, and ended — as I will tell you!

Vous aurez une idée de l'étrange indifférence de ces gens, quand je vous aurai dit qu'aucun d'eux ne fit le moindre effort pour aller au secours du petit être qui, en poussant de faibles cris, se noyait sous leurs yeux. Quand je m'en aperçus, je défis en hâte mes vêtements et, entrant dans le fleuve un peu plus bas, j'attrapai la pauvre créature et la ramenai sur la berge. Quelques vigoureuses frictions la ranimèrent bientôt et j'eus la satisfaction de la voir complètement remise avant que je ne parte. J'avais alors si peu d'estime pour ceux de son espèce que je n'espérais d'elle aucune gratitude. Cette fois, cependant, j'avais tort.

« Cela s'était passé le matin ; l'après-midi, au retour d'une exploration, je revis la petite créature, une femme à ce que je pouvais croire, et elle me reçut avec des cris de joie et m'offrit une guirlande de fleurs, évidemment faite à mon intention. Je fus touché de cette attention. Je m'étais senti quelque peu isolé, et je fis de mon mieux pour témoigner combien j'appréciais le don. Bientôt nous fûmes assis sous un bosquet et engagés dans une conversation, composée surtout de sourires. Les témoignages d'amitié de la petite créature m'affectaient exactement comme l'auraient fait ceux d'un enfant. Nous nous présentions des fleurs et elle me baisait les mains. Je baisais aussi les siennes. Puis j'essayai de converser et je sus qu'elle s'appelait Weena, nom qui me sembla suffisamment approprié, encore que je n'eusse la moindre idée de sa signification. Ce fut là le commencement d'une étrange amitié qui dura une semaine et se termina comme je vous le dirai.

'She was exactly like a child. She wanted to be with me always. She tried to follow me everywhere, and on my next journey out and about it went to my heart to tire her down, and leave her at last, exhausted and calling after me rather plaintively. But the problems of the world had to be mastered. I had not, I said to myself, come into the future to carry on a miniature flirtation. Yet her distress when I left her was very great, her expostulations at the parting were sometimes frantic, and I think, altogether, I had as much trouble as comfort from her devotion. Nevertheless she was, somehow, a very great comfort. I thought it was mere childish affection that made her cling to me. Until it was too late, I did not clearly know what I had inflicted upon her when I left her. Nor until it was too late did I clearly understand what she was to me. For, by merely seeming fond of me, and showing in her weak, futile way that she cared for me, the little doll of a creature presently gave my return to the neighbourhood of the White Sphinx almost the feeling of coming home; and I would watch for her tiny figure of white and gold so soon as I came over the hill.

'It was from her, too, that I learned that fear had not yet left the world. She was fearless enough in the daylight, and she had the oddest confidence in me; for once, in a foolish moment, I made threatening grimaces at her, and she simply laughed at them. But she dreaded the dark, dreaded shadows, dreaded black things. Darkness to her was the one thing dreadful.

« Elle était absolument comme une enfant Elle voulait sans cesse être avec moi. Elle tâchait de me suivre partout, et à mon voyage suivant, j'avais le cœur serré de la voir s'épuiser de fatigue et je dus la laisser enfin, à bout de forces et m'appelant plaintivement. Car il me fallait pénétrer les mystères de ce monde. Je n'étais pas venu dans le futur, me disais-je, pour mener à bien un flirt en miniature. Pourtant sa détresse quand je la laissais était grande ; ses plaintes et ses reproches à nos séparations étaient parfois frénétiques et je crois qu'en somme je retirais de son attachement autant d'ennuis que de réconfort. Néanmoins elle était une diversion salutaire. Je croyais que ce n'était qu'une simple affection enfantine qui l'avait attachée à moi. Jusqu'à ce qu'il fût trop tard, je ne sus pas clairement quel mal je lui avais fait pendant ce séjour. Jusqu'alors, je ne sus pas non plus exactement tout ce qu'elle avait été pour moi. Car, par ses marques d'affection et sa manière futile de montrer qu'elle s'inquiétait de moi, la curieuse petite poupée donnait à mon retour au voisinage du Sphinx Blanc presque le sentiment du retour chez soi et, dès le sommet de la colline, je cherchais des yeux sa délicate figure pâle et blonde.

« Ce fut par elle aussi que j'appris que la crainte n'avait pas disparu de la terre. Elle était assez tranquille dans la journée et avait en moi la plus singulière confiance ; car, une fois, en un moment d'impatience absurde, je lui fis des grimaces menaçantes, et elle se mit tout simplement à rire. Mais elle redoutait l'ombre et l'obscurité, et elle avait peur des choses noires. Les ténèbres étaient pour elle la seule chose effrayante.

It was a singularly passionate emotion, and it set me
thinking and observing. I discovered then, among other
things, that these little people gathered into the great
houses after dark, and slept in droves. To enter upon
them without a light was to put them into a tumult of
apprehension. I never found one out of doors, or one
sleeping alone within doors, after dark. Yet I was still
such a blockhead that I missed the lesson of that fear, and
in spite of Weena's distress I insisted upon sleeping away
from these slumbering multitudes.

'It troubled her greatly, but in the end her odd affection
for me triumphed, and for five of the nights of our
acquaintance, including the last night of all, she slept with
her head pillowed on my arm. But my story slips away
from me as I speak of her.

'It must have been the night before her rescue that I
was awakened about dawn. I had been restless, dreaming
most disagreeably that I was drowned, and that sea
anemones were feeling over my face with their soft palps.
I woke with a start, and with an odd fancy that some
greyish animal had just rushed out of the chamber. I tried
to get to sleep again, but I felt restless and uncomfortable.
It was that dim grey hour when things are just creeping
out of darkness, when everything is colourless and clear
cut, and yet unreal. I got up, and went down into the great
hall, and so out upon the flagstones in front of the palace.
I thought I would make a virtue of necessity, and see the
sunrise.

C'était une émotion singulièrement violente. Je remarquai alors, entre autres choses, que ces petits êtres se rassemblaient dès la nuit à l'intérieur des grands édifices et dormaient par groupes. Entrer au milieu d'eux sans lumière les jetait dans une tumultueuse panique. Jamais après le coucher du soleil je n'en ai rencontré un seul dehors ou dormant isolé. Cependant je fus assez stupide pour ne pas comprendre que cette crainte devait être une leçon pour moi, et, en dépit de la détresse de Weena, je m'obstinai à coucher à l'écart de ces multitudes assoupies.

« Cela la troubla beaucoup, mais à la fin sa singulière affection pour moi triompha, et, pendant les cinq nuits que dura notre liaison, y compris la dernière nuit de toutes, elle dormit avec sa tête posée sur mon bras. Mais, à vous parler d'elle, je m'écarte de mon récit.

« La nuit qui suivit son sauvetage, je m'éveillai avec l'aurore. J'avais été agité, rêvant fort désagréablement que je m'étais noyé et que des anémones de mer me palpaient le visage avec leurs appendices mous. Je m'éveillai en sursaut, avec l'impression bizarre que quelque animal grisâtre venait de s'enfuir hors de la salle. J'essayai de me rendormir, mais j'étais inquiet et mal à l'aise. C'était l'heure terne et grise où les choses surgissent des ténèbres, ou les objets sont incolores et tout en contours et cependant irréels. Je me levai, sortis dans le grand hall et m'arrêtai sur les dalles de pierre du perron du palais ; j'avais l'intention, faisant de nécessité vertu, de contempler le lever du soleil.

'The moon was setting, and the dying moonlight and the first pallor of dawn were mingled in a ghastly half-light. The bushes were inky black, the ground a sombre grey, the sky colourless and cheerless. And up the hill I thought I could see ghosts. There several times, as I scanned the slope, I saw white figures. Twice I fancied I saw a solitary white, ape-like creature running rather quickly up the hill, and once near the ruins I saw a leash of them carrying some dark body. They moved hastily. I did not see what became of them. It seemed that they vanished among the bushes. The dawn was still indistinct, you must understand. I was feeling that chill, uncertain, early-morning feeling you may have known. I doubted my eyes.

'As the eastern sky grew brighter, and the light of the day came on and its vivid colouring returned upon the world once more, I scanned the view keenly. But I saw no vestige of my white figures. They were mere creatures of the half light.

'«They must have been ghosts,» I said; «I wonder whence they dated.» For a queer notion of Grant Allen's came into my head, and amused me. If each generation die and leave ghosts, he argued, the world at last will get overcrowded with them. On that theory they would have grown innumerable some Eight Hundred Thousand Years hence, and it was no great wonder to see four at once. But the jest was unsatisfying,

« La lune descendait à l'ouest ; sa clarté mourante et les premières pâleurs de l'aurore se mêlaient en demi-lueurs spectrales. Les buissons étaient d'un noir profond, le sol d'un gris sombre, le ciel terne et triste. Au flanc de la colline, je crus apercevoir des fantômes. À trois reprises différentes, tandis que je scrutais la pente devant moi, je vis des formes blanches. Deux fois je crus voir une créature blanche, solitaire, ayant l'aspect d'un singe, qui remontait la colline avec rapidité ; une fois, auprès des ruines, je vis trois de ces formes qui portaient un corps noirâtre. Elles faisaient grande hâte et je ne pus voir ce qu'elles devinrent. Il semblait qu'elles se fussent évanouies parmi les buissons. L'aube était encore indistincte, vous devez le comprendre, et j'avais cette sensation glaciale, incertaine, du petit matin que vous connaissez peut-être. Je doutais de mes yeux.

« Le ciel s'éclaira vers l'est ; la lumière du jour monta, répandit une fois de plus ses couleurs éclatantes sur le monde, et je scrutai anxieusement les alentours. Mais je ne vis aucun vestige de mes formes blanches. C'étaient simplement des apparences du demi-jour.

« Si ces formes étaient des esprits, me disais-je, je me demande quel pourrait bien être leur âge. Car une théorie fantaisiste de Grant Allen me vint à l'esprit et m'amusa. Si chaque génération qui meurt, argumente-t-il, laisse des esprits, le monde en sera finalement surencombré. D'après cela, leur nombre eût été incalculable dans environ huit cent mille ans d'ici, et il n'eût pas été surprenant d'en voir quatre à la fois. Mais la plaisanterie n'était pas convaincante

and I was thinking of these figures all the morning, until Weena's rescue drove them out of my head. I associated them in some indefinite way with the white animal I had startled in my first passionate search for the Time Machine. But Weena was a pleasant substitute. Yet all the same, they were soon destined to take far deadlier possession of my mind.

'I think I have said how much hotter than our own was the weather of this Golden Age. I cannot account for it. It may be that the sun was hotter, or the earth nearer the sun. It is usual to assume that the sun will go on cooling steadily in the future. But people, unfamiliar with such speculations as those of the younger Darwin, forget that the planets must ultimately fall back one by one into the parent body. As these catastrophes occur, the sun will blaze with renewed energy; and it may be that some inner planet had suffered this fate. Whatever the reason, the fact remains that the sun was very much hotter than we know it.

'Well, one very hot morning—my fourth, I think— as I was seeking shelter from the heat and glare in a colossal ruin near the great house where I slept and fed, there happened this strange thing: Clambering among these heaps of masonry, I found a narrow gallery, whose end and side windows were blocked by fallen masses of stone. By contrast with the brilliancy outside, it seemed at first impenetrably dark to me.

et je ne fis que penser à ces formes toute la matinée, jusqu'à ce que l'arrivée de Weena eût chassé ces préoccupations. Je les associais d'une façon vague à l'animal blanc que j'avais vu s'enfuir lors de ma première recherche de la Machine. Mais Weena fut une diversion agréable. Pourtant, ils devaient bientôt prendre tout de même une bien plus entière possession de mon esprit.

« Je crois vous avoir dit combien la température de cet heureux âge était plus élevée que la nôtre. Je ne puis m'en expliquer la cause. Peut-être le soleil était-il plus chaud, ou la terre plus près du soleil. On admet ordinairement que le soleil doit se refroidir et s'éteindre rapidement. Mais, peu familiers avec des spéculations telles que celles de Darwin le jeune, nous oublions que les planètes doivent finalement retourner l'une après l'autre à la masse, source de leur existence. À mesure que se produiront ces catastrophes, le soleil s'enflammera et rayonnera avec une énergie nouvelle ; il se pouvait que quelque planète eût subi ce sort. Quelle qu'en soit la raison, il est certain que le soleil était beaucoup plus chaud qu'il ne l'est actuellement.

« Enfin, par un matin très chaud – le quatrième, je crois –, comme je cherchais à m'abriter de la chaleur et de la forte lumière dans quelque ruine colossale, auprès du grand édifice où je mangeais et dormais, il arriva cette chose étrange : grimpant parmi ces amas de maçonnerie, je découvris une étroite galerie, dont l'extrémité et les ouvertures latérales étaient obstruées par des monceaux de pierres éboulées. À cause du contraste de la lumière éblouissante du dehors, elle me parut tout d'abord impénétrablement obscure.

I entered it groping, for the change from light to blackness made spots of colour swim before me. Suddenly I halted spellbound. A pair of eyes, luminous by reflection against the daylight without, was watching me out of the darkness.

'The old instinctive dread of wild beasts came upon me. I clenched my hands and steadfastly looked into the glaring eyeballs. I was afraid to turn. Then the thought of the absolute security in which humanity appeared to be living came to my mind. And then I remembered that strange terror of the dark. Overcoming my fear to some extent, I advanced a step and spoke. I will admit that my voice was harsh and ill-controlled. I put out my hand and touched something soft. At once the eyes darted sideways, and something white ran past me. I turned with my heart in my mouth, and saw a queer little ape-like figure, its head held down in a peculiar manner, running across the sunlit space behind me. It blundered against a block of granite, staggered aside, and in a moment was hidden in a black shadow beneath another pile of ruined masonry.

'My impression of it is, of course, imperfect; but I know it was a dull white, and had strange large greyish-red eyes; also that there was flaxen hair on its head and down its back. But, as I say, it went too fast for me to see distinctly. I cannot even say whether it ran on all-fours, or only with its forearms held very low. After an instant's pause I followed it into the second heap of ruins. I could not find it at first;

J'y pénétrai en tâtonnant, car le brusque passage de la clarté à l'obscurité faisait voltiger devant mes yeux des taches de couleur. Tout à coup, je m'arrêtai stupéfait. Une paire d'yeux, lumineux à cause de la réflexion de la lumière extérieure, m'observait dans les ténèbres.

« La vieille et instinctive terreur des bêtes sauvages me revint. Je serrai les poings et fixai fermement les yeux étincelants. Puis, la pensée de l'absolue sécurité dans laquelle l'humanité paraissait vivre me revint à l'esprit, et je me remémorai aussi son étrange effroi de l'obscurité. Surmontant jusqu'à un certain point mon appréhension, j'avançai d'un pas et parlai. J'avoue que ma voix était dure et mal assurée. J'étendis la main et touchai quelque chose de doux. Immédiatement les yeux se détournèrent et quelque chose de blanc s'enfuit en me frôlant. Je me retournai, la gorge sèche, et vis traverser en courant l'espace éclairé une petite forme bizarre, rappelant le singe, la tête renversée en arrière d'une façon assez drôle. Elle se heurta contre un bloc de granit, chancela, et disparut bientôt dans l'ombre épaisse que faisait un monceau de maçonnerie en ruine.

« L'impression que j'eus de cet être fut naturellement imparfaite ; mais je pus remarquer qu'il était d'un blanc terne et avait de grands yeux étranges d'un gris rougeâtre, et aussi qu'il portait, tombant sur les épaules, une longue chevelure blonde. Mais, comme je l'ai dit, il allait trop vite pour que je pusse le voir distinctement. Je ne peux même pas dire s'il courait à quatre pattes ou seulement en tenant ses membres supérieurs très bas. Après un moment d'arrêt, je le suivis dans le second monceau de ruines. Je ne pus d'abord le trouver ;

but, after a time in the profound obscurity, I came upon one of those round well-like openings of which I have told you, half closed by a fallen pillar. A sudden thought came to me. Could this Thing have vanished down the shaft? I lit a match, and, looking down, I saw a small, white, moving creature, with large bright eyes which regarded me steadfastly as it retreated. It made me shudder. It was so like a human spider! It was clambering down the wall, and now I saw for the first time a number of metal foot and hand rests forming a kind of ladder down the shaft. Then the light burned my fingers and fell out of my hand, going out as it dropped, and when I had lit another the little monster had disappeared.

'I do not know how long I sat peering down that well. It was not for some time that I could succeed in persuading myself that the thing I had seen was human. But, gradually, the truth dawned on me: that Man had not remained one species, but had differentiated into two distinct animals: that my graceful children of the Upper-world were not the sole descendants of our generation, but that this bleached, obscene, nocturnal Thing, which had flashed before me, was also heir to all the ages.

'I thought of the flickering pillars and of my theory of an underground ventilation. I began to suspect their true import.

'And what, I wondered, was this Lemur doing in my scheme of a perfectly balanced organization?

mais après m'être habitué à l'obscurité profonde, je découvris, à demi obstruée par un pilier renversé, une de ces ouvertures rondes en forme de puits dont je vous ai dit déjà quelques mots. Une pensée soudaine me vint. Est-ce que mon animal avait disparu par ce chemin ? Je craquai une allumette et, me penchant au-dessus du puits, je vis s'agiter une petite créature blanche qui, en se retirant, me regardait fixement de ses larges yeux brillants. Cela me fit frissonner. Cet être avait tellement l'air d'une araignée humaine ! Il descendait au long de la paroi et je vis alors, pour la première fois, une série de barreaux et de poignées de métal qui formaient une sorte d'échelle s'enfonçant dans le puits. À ce moment l'allumette me brûla les doigts, je la lâchai et elle s'éteignit en tombant ; lorsque j'en eus allumé une autre, le petit monstre avait disparu.

« Je ne sais pas combien de temps je restai à regarder dans ce puits. Il me fallut un certain temps pour réussir à me persuader que ce que j'avais vu était quelque chose d'humain. Graduellement la vérité se fit jour : l'Homme n'était pas resté une espèce unique, mais il s'était différencié en deux animaux distincts ; je devinai que les gracieux enfants du monde supérieur n'étaient pas les seuls descendants de notre génération, mais que cet être blême, immonde, ténébreux, que j'avais aperçu, était aussi l'héritier des âges antérieurs.

« Je pensai aux hautes tours où l'air tremblotait et à ma théorie d'une ventilation souterraine. Je commençai à soupçonner sa véritable importance.

« Que vient faire ce lémurien, me demandais-je, dans mon schéma d'une organisation parfaitement équilibrée ?

How was it related to the indolent serenity of the
beautiful Upper-worlders? And what was hidden down
there, at the foot of that shaft? I sat upon the edge of the
well telling myself that, at any rate, there was nothing
to fear, and that there I must descend for the solution of
my difficulties. And withal I was absolutely afraid to go!
As I hesitated, two of the beautiful Upper-world people
came running in their amorous sport across the daylight
in the shadow. The male pursued the female, flinging
flowers at her as he ran.

'They seemed distressed to find me, my arm against the
overturned pillar, peering down the well. Apparently it
was considered bad form to remark these apertures; for
when I pointed to this one, and tried to frame a question
about it in their tongue, they were still more visibly
distressed and turned away. But they were interested
by my matches, and I struck some to amuse them. I
tried them again about the well, and again I failed. So
presently I left them, meaning to go back to Weena, and
see what I could get from her. But my mind was already
in revolution; my guesses and impressions were slipping
and sliding to a new adjustment. I had now a clue to
the import of these wells, to the ventilating towers, to
the mystery of the ghosts; to say nothing of a hint at the
meaning of the bronze gates and the fate of the Time
Machine! And very vaguely there came a suggestion
towards the solution of the economic problem that had
puzzled me.

Quel rapport peut-il bien avoir avec l'indolente sérénité du monde d'au-dessus ? Et que se cache-t-il là-dessous, au fond de ce puits ? » Je m'assis sur la margelle, me disant qu'en tous les cas, il n'y avait rien à craindre, et qu'il me fallait descendre là-dedans pour avoir la solution de mes difficultés. En même temps, j'étais absolument effrayé à l'idée de le faire ! Tandis que j'hésitais, deux des habitants du monde supérieur se poursuivant dans leurs jeux amoureux, l'homme jetant des fleurs à la femme, qui s'enfuyait, vinrent jusqu'au pan d'ombre épaisse où j'étais.

« Ils parurent affligés de me trouver là, appuyé contre le pilier renversé et regardant dans le puits. Il était apparemment de mauvais goût de remarquer ces orifices ; car lorsque j'indiquai celui où j'étais, en essayant de fabriquer dans leur langue une question à son sujet, ils furent visiblement beaucoup plus gênés et ils se détournèrent. Mais comme mes allumettes les intéressaient, j'en enflammai quelques-unes pour les amuser. Je tentai à nouveau de les questionner sur ce puits, mais j'échouai encore. Aussi je les quittai sur le champ, me proposant d'aller retrouver Weena et voir ce que je pourrais tirer d'elle. Mais mon esprit était déjà en révolution, mes suppositions et mes impressions se désordonnaient et glissaient vers de nouvelles synthèses. J'avais maintenant un fil pour trouver l'objet de ces puits, de ces cheminées de ventilation, et le mystère des fantômes : pour ne rien dire de l'indication que j'avais maintenant quant à la signification des portes de bronze et au sort de la Machine. Très vaguement, une explication se suggéra qui pouvait être la solution du problème économique qui m'avait intrigué.

'Here was the new view. Plainly, this second species of Man was subterranean. There were three circumstances in particular which made me think that its rare emergence above ground was the outcome of a long-continued underground habit. In the first place, there was the bleached look common in most animals that live largely in the dark — the white fish of the Kentucky caves, for instance. Then, those large eyes, with that capacity for reflecting light, are common features of nocturnal things — witness the owl and the cat. And last of all, that evident confusion in the sunshine, that hasty yet fumbling awkward flight towards dark shadow, and that peculiar carriage of the head while in the light — all reinforced the theory of an extreme sensitiveness of the retina.

'Beneath my feet, then, the earth must be tunnelled enormously, and these tunnellings were the habitat of the new race. The presence of ventilating shafts and wells along the hill slopes — everywhere, in fact, except along the river valley — showed how universal were its ramifications. What so natural, then, as to assume that it was in this artificial Underworld that such work as was necessary to the comfort of the daylight race was done? The notion was so plausible that I at once accepted it, and went on to assume the *how* of this splitting of the human species. I dare say you will anticipate the shape of my theory; though, for myself, I very soon felt that it fell far short of the truth.

« Voici ce nouveau point de vue. Évidemment cette seconde espèce d'hommes était souterraine. Il y avait trois faits, particulièrement, qui me faisaient penser que ses rares apparitions au-dessus du sol étaient dues à sa longue habitude de vivre sous terre. Tout d'abord, il y avait l'aspect blême et étiolé commun à la plupart des animaux qui vivent dans les ténèbres, le poisson blanc des grottes du Kentucky, par exemple ; puis, ces yeux énormes avec leur faculté de réfléchir la lumière sont des traits communs aux créatures nocturnes, témoins le hibou et le chat. Et enfin, cet évident embarras au grand jour, cette fuite précipitée, et cependant maladroite et gauche, vers l'obscurité et l'ombre, et ce port particulier de la tête tandis que le monstre était en pleine clarté, tout cela renforçait ma théorie d'une sensibilité extrême de la rétine.

« Sous mes pieds, par conséquent, la terre devait être fantastiquement creusée et percée de tunnels et de galeries, qui étaient la demeure de la race nouvelle. La présence de cheminées de ventilation et de puits au long des pentes de la colline – partout, en fait, excepté au long de la vallée où coulait le fleuve – indiquait combien ses ramifications étaient universelles. Quoi de plus naturel que de supposer que c'était dans ce monde souterrain que se faisait tout le travail nécessaire au confort de la race du monde supérieur ? L'explication était si plausible que je l'acceptai immédiatement, et j'allai jusqu'à donner le pourquoi de cette division de l'espèce humaine. Je crois que vous voyez comment se présente ma théorie, encore que, pour moi-même, je dusse bientôt découvrir combien elle était éloignée de la réalité.

'At first, proceeding from the problems of our own age, it seemed clear as daylight to me that the gradual widening of the present merely temporary and social difference between the Capitalist and the Labourer, was the key to the whole position. No doubt it will seem grotesque enough to you—and wildly incredible!—and yet even now there are existing circumstances to point that way. There is a tendency to utilize underground space for the less ornamental purposes of civilization; there is the Metropolitan Railway in London, for instance, there are new electric railways, there are subways, there are underground workrooms and restaurants, and they increase and multiply. Evidently, I thought, this tendency had increased till Industry had gradually lost its birthright in the sky. I mean that it had gone deeper and deeper into larger and ever larger underground factories, spending a still-increasing amount of its time therein, till, in the end—! Even now, does not an East-end worker live in such artificial conditions as practically to be cut off from the natural surface of the earth?

'Again, the exclusive tendency of richer people— due, no doubt, to the increasing refinement of their education, and the widening gulf between them and the rude violence of the poor—is already leading to the closing, in their interest, of considerable portions of the surface of the land. About London, for instance, perhaps half the prettier country is shut in against intrusion.

« Tout d'abord, procédant d'après les problèmes de notre époque actuelle, il me semblait clair comme le jour que l'extension graduelle des différences sociales, à présent simplement temporaires, entre le Capitaliste et l'Ouvrier ait été la clef de la situation. Sans doute cela vous paraîtra quelque peu grotesque – et follement incroyable – mais il y a dès maintenant des faits propres à suggérer cette orientation. Nous tendons à utiliser l'espace souterrain pour les besoins les moins décoratifs de la civilisation ; il y a, à Londres, par exemple, le Métropolitain et récemment des tramways électriques souterrains, des rues et passages souterrains, des restaurants et des ateliers souterrains, et ils croissent et se multiplient. Évidemment, pensais-je, cette tendance s'est développée jusqu'à ce que l'industrie ait graduellement perdu son droit d'existence au soleil. Je veux dire qu'elle s'était étendue de plus en plus profondément en de plus en plus vastes usines souterraines, y passant une somme de temps sans cesse croissante, jusqu'à ce qu'à la fin... Est-ce que, même maintenant un ouvrier de certains quartiers ne vit pas dans des conditions tellement artificielles qu'il est pratiquement retranché de la surface naturelle de la terre ?

« De plus, la tendance exclusive de la classe possédante — due sans doute au raffinement croissant de son éducation et à la distance qui s'augmente entre elle et la rude violence de la classe pauvre – la mène déjà à clore dans son intérêt de considérables parties de la surface du pays. Aux environs de Londres, par exemple. La moitié au moins des plus jolis endroits sont fermés à la foule.

And this same widening gulf—which is due to the length
and expense of the higher educational process and the
increased facilities for and temptations towards refined
habits on the part of the rich—will make that exchange
between class and class, that promotion by intermarriage
which at present retards the splitting of our species along
lines of social stratification, less and less frequent. So, in
the end, above ground you must have the Haves, pursuing
pleasure and comfort and beauty, and below ground the
Have-nots, the Workers getting continually adapted to
the conditions of their labour. Once they were there, they
would no doubt have to pay rent, and not a little of it, for
the ventilation of their caverns; and if they refused, they
would starve or be suffocated for arrears. Such of them
as were so constituted as to be miserable and rebellious
would die; and, in the end, the balance being permanent,
the survivors would become as well adapted to the
conditions of underground life, and as happy in their way,
as the Upper-world people were to theirs. As it seemed to
me, the refined beauty and the etiolated pallor followed
naturally enough.

'The great triumph of Humanity I had dreamed of took
a different shape in my mind. It had been no such triumph
of moral education and general co-operation as I had
imagined. Instead, I saw a real aristocracy, armed with
a perfected science and working to a logical conclusion
the industrial system of to-day. Its triumph had not been
simply a triumph over Nature, but a triumph over Nature
and the fellow-man. This, I must warn you, was my theory

Et cet abîme – dû aux procédés plus rationnels d'éducation et au surcroît de tentations, de facilités et de raffinement des riches –, en s'accroissant, dut rendre de moins en moins fréquent cet échange de classe à classe, cette élévation par intermariage qui retarde à présent la division de notre espèce par des barrières de stratification sociale. De sorte qu'à la fin, on eut, au-dessus du sol, les Possédants, recherchant le plaisir, le confort et la beauté et, au-dessous du sol, les Non-Possédants, les ouvriers, s'adaptant d'une façon continue aux conditions de leur travail. Une fois là, ils eurent, sans aucun doute, à payer des redevances, et non légères, pour la ventilation de leurs cavernes ; et s'ils essayèrent de refuser, on put les affamer ou les suffoquer jusqu'au paiement des arrérages. Ceux d'entre eux qui avaient des dispositions à être malheureux ou rebelles durent mourir ; et, finalement, l'équilibre étant permanent, les survivants devinrent aussi bien adaptés aux conditions de la vie souterraine et aussi heureux à leur manière que la race du monde supérieur le fut à la sienne. À ce qu'il me semblait, la beauté raffinée et la pâleur étiolée s'ensuivaient assez naturellement.

« Le grand triomphe de l'humanité que j'avais rêvé prenait dans mon esprit une forme toute différente. Ce n'avait pas été, comme je l'avais imaginé, un triomphe de l'éducation morale et de la coopération générale. Je voyais, au lieu de cela, une réelle aristocratie, armée d'une science parfaite et menant à sa conclusion logique le système industriel d'aujourd'hui. Son triomphe n'avait pas été simplement un triomphe sur la nature, mais un triomphe à la fois sur la nature et sur l'homme. Ceci, je dois vous en avertir, était ma théorie

at the time. I had no convenient cicerone in the pattern
of the Utopian books. My explanation may be absolutely
wrong. I still think it is the most plausible one. But even
on this supposition the balanced civilization that was at
last attained must have long since passed its zenith, and
was now far fallen into decay. The too-perfect security
of the Upper-worlders had led them to a slow movement
of degeneration, to a general dwindling in size, strength,
and intelligence. That I could see clearly enough already.
What had happened to the Under-grounders I did not
yet suspect; but from what I had seen of the Morlocks —
that, by the by, was the name by which these creatures
were called — I could imagine that the modification of the
human type was even far more profound than among the
«Eloi,» the beautiful race that I already knew.

'Then came troublesome doubts. Why had the Morlocks
taken my Time Machine? For I felt sure it was they who
had taken it. Why, too, if the Eloi were masters, could they
not restore the machine to me? And why were they so
terribly afraid of the dark? I proceeded, as I have said, to
question Weena about this Under-world, but here again
I was disappointed. At first she would not understand my
questions, and presently she refused to answer them. She
shivered as though the topic was unendurable. And when
I pressed her, perhaps a little harshly, she burst into tears.
They were the only tears, except my own, I ever saw in
that Golden Age. When I saw them I ceased abruptly
to trouble about the Morlocks, and was only concerned

du moment. Je n'avais aucun cicérone convenable dans ce modèle d'Utopie. Mon explication peut être absolument fausse, je crois qu'elle est encore la plus plausible ; mais, même avec cette supposition, la civilisation équilibrée, qui avait été enfin atteinte, devait avoir depuis longtemps dépassé son zénith, et s'être avancée fort loin vers son déclin. La sécurité trop parfaite des habitants du monde supérieur les avait amenés insensiblement à la dégénérescence, à un amoindrissement général de stature, de force et d'intelligence. Cela, je pouvais le constater déjà d'une façon suffisamment claire, sans pouvoir soupçonner encore ce qui était arrivé aux habitants du monde inférieur ; mais d'après ce que j'avais vu des Morlocks – car, à propos, c'était le nom qu'on donnait à ces créatures – je pouvais m'imaginer que les modifications du type humain étaient encore plus profondes que parmi les Éloïs, la belle race que je connaissais déjà.

« Alors vinrent des doutes importuns. Pourquoi les Morlocks avaient-ils pris la Machine ? Car j'étais sûr que c'étaient eux qui l'avaient prise. Et pourquoi, si les Éloïs étaient les maîtres, ne pouvaient-ils pas me faire rendre ma Machine ? Pourquoi avaient-ils une telle peur des ténèbres ? J'essayai, comme je l'ai dit, de questionner Weena sur ce monde inférieur, mais là encore je fus désappointé. Tout d'abord elle ne voulut pas comprendre mes questions, puis elle refusa d'y répondre. Elle frissonnait comme si le sujet eût été insupportable. Et lorsque je la pressai peut-être un peu rudement, elle fondit en larmes. Ce furent les seules larmes, avec les miennes, que j'aie vues dans cet âge heureux. Je cessai, en les voyant, de l'ennuyer à propos des Morlocks, et m'occupai seulement

in banishing these signs of the human inheritance from
Weena's eyes. And very soon she was smiling and clapping
her hands, while I solemnly burned a match.'

à bannir des yeux de Weena ces signes d'un héritage humain. Et bientôt elle sourit et battit des mains tandis que solennellement je craquais une allumette. »

9

'It may seem odd to you, but it was two days before I could follow up the new-found clue in what was manifestly the proper way. I felt a peculiar shrinking from those pallid bodies. They were just the half-bleached colour of the worms and things one sees preserved in spirit in a zoological museum. And they were filthily cold to the touch. Probably my shrinking was largely due to the sympathetic influence of the Eloi, whose disgust of the Morlocks I now began to appreciate.

'The next night I did not sleep well. Probably my health was a little disordered. I was oppressed with perplexity and doubt. Once or twice I had a feeling of intense fear for which I could perceive no definite reason. I remember creeping noiselessly into the great hall where the little people were sleeping in the moonlight—that night Weena was among them—and feeling reassured by their presence. It occurred to me even then, that in the course of a few days the moon must pass through its last quarter, and the nights grow dark, when the appearances of these unpleasant creatures from below,

9

Les Morlocks

« Il peut vous sembler drôle que j'aie laissé passer deux jours avant de poursuivre l'indication nouvelle qui me mettait sur la véritable voie, mais je ressentais une aversion particulière pour ces corps blanchâtres. Ils avaient exactement la couleur livide qu'ont les vers et les animaux conservés dans l'alcool, tels qu'on les voit dans les musées zoologiques. Au toucher, ils étaient d'un froid répugnant. Mon aversion était due probablement à l'influence sympathique des Éloïs, dont je commençais maintenant à comprendre le dégoût pour les Morlocks.

« La nuit suivante, je dormis mal. Ma santé se trouvait sans doute ébranlée. J'étais perplexe et accablé de doutes. J'eus, une fois ou deux, la sensation d'une terreur intense, à laquelle je ne pouvais attribuer aucune raison définie. Je me rappelle m'être glissé sans bruit dans la grande salle où les petits êtres dormaient au clair de lune – cette nuit-là, Weena était parmi eux – et m'être senti rassuré par leur présence. Il me vint à ce moment à l'esprit que dans très peu de jours la lune serait nouvelle et que les apparitions de ces déplaisantes créatures souterraines,

these whitened Lemurs, this new vermin that had replaced the old, might be more abundant.

'And on both these days I had the restless feeling of one who shirks an inevitable duty. I felt assured that the Time Machine was only to be recovered by boldly penetrating these underground mysteries. Yet I could not face the mystery. If only I had had a companion it would have been different. But I was so horribly alone, and even to clamber down into the darkness of the well appalled me. I don't know if you will understand my feeling, but I never felt quite safe at my back.

'It was this restlessness, this insecurity, perhaps, that drove me further and further afield in my exploring expeditions. Going to the south-westward towards the rising country that is now called Combe Wood, I observed far off, in the direction of nineteenth-century Banstead, a vast green structure, different in character from any I had hitherto seen. It was larger than the largest of the palaces or ruins I knew, and the facade had an Oriental look: the face of it having the lustre, as well as the pale-green tint, a kind of bluish-green, of a certain type of Chinese porcelain. This difference in aspect suggested a difference in use, and I was minded to push on and explore. But the day was growing late, and I had come upon the sight of the place after a long and tiring circuit; so I resolved to hold over the adventure for the following day, and I returned to the welcome and the caresses of little Weena. But next morning I perceived clearly enough that my curiosity regarding the Palace of Green Porcelain

de ces blêmes lémuriens, de cette nouvelle vermine qui avait remplacé l'ancienne, se multiplieraient.

« Pendant ces deux jours, j'eus la continuelle impression d'éluder une corvée inévitable, j'avais la ferme assurance que je rentrerais en possession de la Machine en pénétrant hardiment dans ces mystérieux souterrains. Cependant je ne pouvais me résoudre à affronter ce mystère. Si seulement j'avais eu un compagnon ! Mais j'étais si horriblement seul que l'idée de descendre dans l'obscurité du puits m'épouvantait. Je ne sais pas si vous comprenez mon état, mais je sentais constamment un danger derrière mon dos.

« C'était cette incessante inquiétude, cette insécurité, peut-être, qui m'entraînait de plus en plus loin dans mes explorations. En allant au sud, vers la colline montagneuse qui s'appelle maintenant Combe Wood, je remarquai, au loin dans la direction de l'actuel Banstead, une vaste construction verte, d'un genre différent de celles que j'avais vues jusqu'alors. Elle était plus grande que les plus grands des palais et des ruines que je connaissais ; la façade avait un aspect oriental avec le lustre gris pâle, une sorte de gris bleuté, d'une certaine espèce de porcelaine de Chine. Cette différence d'aspect suggérait une différence d'usage, et il me vint l'envie de pousser jusque-là mon exploration. Mais la journée était avancée ; j'étais arrivé en vue de cet endroit après un long et fatigant circuit ; aussi décidai-je de réserver l'aventure pour le jour suivant et je retournai vers les caresses de bienvenue de la petite Weena. Le lendemain matin, je m'aperçus, d'une façon suffisamment claire, que ma curiosité au sujet du Palais de Porcelaine Verte

was a piece of self-deception, to enable me to shirk, by another day, an experience I dreaded. I resolved I would make the descent without further waste of time, and started out in the early morning towards a well near the ruins of granite and aluminium.

'Little Weena ran with me. She danced beside me to the well, but when she saw me lean over the mouth and look downward, she seemed strangely disconcerted. «Good-bye, little Weena,» I said, kissing her; and then putting her down, I began to feel over the parapet for the climbing hooks. Rather hastily, I may as well confess, for I feared my courage might leak away! At first she watched me in amazement. Then she gave a most piteous cry, and running to me, she began to pull at me with her little hands. I think her opposition nerved me rather to proceed. I shook her off, perhaps a little roughly, and in another moment I was in the throat of the well. I saw her agonized face over the parapet, and smiled to reassure her. Then I had to look down at the unstable hooks to which I clung.

'I had to clamber down a shaft of perhaps two hundred yards. The descent was effected by means of metallic bars projecting from the sides of the well, and these being adapted to the needs of a creature much smaller and lighter than myself, I was speedily cramped and fatigued by the descent. And not simply fatigued! One of the bars bent suddenly under my weight, and almost swung me off into the blackness beneath.

n'était qu'un acte d'auto-tromperie, qui me donnait un prétexte pour éluder, un jour de plus, l'expérience que je redoutais. Je résolus donc de tenter la descente sans perdre plus de temps, et me mis de bonne heure en route vers le puits situé auprès des ruines de granit et d'aluminium.

« La petite Weena m'accompagna en courant et en dansant autour de moi jusqu'au puits, mais, quand elle me vit me pencher au-dessus de l'orifice, elle parut étrangement déconcertée. "– Au revoir, petite Weena", dis-je en l'embrassant ; puis la reposant à terre, je cherchai, en tâtonnant par-dessus la margelle, les échelons de descente, avec hâte plutôt – je ferais aussi bien de le confesser – car je craignais de voir faillir mon courage. D'abord, elle me considéra avec étonnement. Puis elle poussa un cri pitoyable, et, se précipitant sur moi, chercha à me retenir de tout l'effort de ses petites mains. Je crois que son opposition m'excita plutôt à continuer. Je la repoussai, peut-être un peu durement, et en un instant j'étais dans la gueule même du puits. J'eus alors à donner toute mon attention aux échelons peu solides auxquels je me retenais.

« Je dus descendre environ deux cents mètres. La descente s'effectuait au moyen de barreaux métalliques fixés dans les parois du puits, et, comme ils étaient adaptés aux besoins d'êtres beaucoup plus petits et plus légers que moi, je me sentis rapidement engourdi et fatigué. Ce n'est pas tout : l'un des barreaux céda soudain sous mon poids, et je me crus précipité dans l'obscurité qui béait au-dessous de moi.

For a moment I hung by one hand, and after that experience I did not dare to rest again. Though my arms and back were presently acutely painful, I went on clambering down the sheer descent with as quick a motion as possible. Glancing upward, I saw the aperture, a small blue disk, in which a star was visible, while little Weena's head showed as a round black projection. The thudding sound of a machine below grew louder and more oppressive. Everything save that little disk above was profoundly dark, and when I looked up again Weena had disappeared.

'I was in an agony of discomfort. I had some thought of trying to go up the shaft again, and leave the Underworld alone. But even while I turned this over in my mind I continued to descend. At last, with intense relief, I saw dimly coming up, a foot to the right of me, a slender loophole in the wall. Swinging myself in, I found it was the aperture of a narrow horizontal tunnel in which I could lie down and rest. It was not too soon. My arms ached, my back was cramped, and I was trembling with the prolonged terror of a fall. Besides this, the unbroken darkness had had a distressing effect upon my eyes. The air was full of the throb and hum of machinery pumping air down the shaft.

'I do not know how long I lay. I was roused by a soft hand touching my face. Starting up in the darkness I snatched at my matches and, hastily striking one, I saw three stooping white creatures similar to the one

Pendant un moment je restai suspendu par une main, et après cette expérience je n'osai plus me reposer. Quoique mes bras et mes reins fussent vivement endoloris, je continuai cette descente insensée aussi vite que je pus. Ayant levé les yeux, je vis l'ouverture, un petit disque bleu, dans lequel une étoile était visible, tandis que la tête de la petite Weena se détachait, ronde et sombre. Le bruit régulier de quelque machine, venant du fond, devenait de plus en plus fort, et oppressant. Tout, excepté le petit disque au-dessus de ma tête, était profondément obscur, et, quand je levai les yeux à nouveau, Weena avait disparu.

« J'étais dans une agonie d'inquiétude. Je pensai vaguement à regrimper et à laisser tranquille le monde souterrain. Mais même pendant que je retournais cette idée dans mon esprit, je continuais de descendre. Enfin, avec un immense soulagement, j'aperçus vaguement, à quelque distance à ma droite dans la paroi, une ouverture exiguë. Je m'y introduisis et trouvai que c'était l'orifice d'un étroit tunnel horizontal, dans lequel je pouvais m'étendre et reposer. Ce n'était pas trop tôt. Mes bras étaient endoloris, mon dos courbatu, et je frissonnais de la terreur prolongée d'une chute. De plus, l'obscurité ininterrompue avait eu sur mes yeux un effet douloureux. L'air était plein du halètement des machines pompant l'air au bas du puits.

« Je ne sais pas combien de temps je restai étendu là. Je fus éveillé par le contact d'une main molle qui se promenait sur ma figure. Je cherchai vivement mes allumettes et précipitamment en craquai une, ce qui me permit de voir, penchés sur moi, trois êtres livides, semblables à ceux que

I had seen above ground in the ruin, hastily retreating before the light. Living, as they did, in what appeared to me impenetrable darkness, their eyes were abnormally large and sensitive, just as are the pupils of the abysmal fishes, and they reflected the light in the same way. I have no doubt they could see me in that rayless obscurity, and they did not seem to have any fear of me apart from the light. But, so soon as I struck a match in order to see them, they fled incontinently, vanishing into dark gutters and tunnels, from which their eyes glared at me in the strangest fashion.

'I tried to call to them, but the language they had was apparently different from that of the Over-world people; so that I was needs left to my own unaided efforts, and the thought of flight before exploration was even then in my mind. But I said to myself, «You are in for it now,» and, feeling my way along the tunnel, I found the noise of machinery grow louder. Presently the walls fell away from me, and I came to a large open space, and striking another match, saw that I had entered a vast arched cavern, which stretched into utter darkness beyond the range of my light. The view I had of it was as much as one could see in the burning of a match.

'Necessarily my memory is vague. Great shapes like big machines rose out of the dimness, and cast grotesque black shadows, in which dim spectral Morlocks sheltered from the glare. The place, by the by, was very stuffy and

j'avais vus sur terre dans les ruines, et qui s'enfuirent en hâte devant la lumière. Vivant comme ils le faisaient, dans ce qui me paraissait d'impénétrables ténèbres, leurs yeux étaient anormalement grands et sensibles, comme le sont ceux des poissons des grandes profondeurs, et ils réfléchissaient la lumière de la même façon. Je fus persuadé qu'ils pouvaient me voir dans cette profonde obscurité, et ils ne semblèrent pas avoir peur de moi, à part leur crainte de la lumière. Mais aussitôt que je craquai une allumette pour tâcher de les apercevoir, ils s'enfuirent incontinent et disparurent dans de sombres chenaux et tunnels, d'où leurs yeux me fixaient de la façon la plus étrange.

« J'essayai de les appeler, mais le langage qu'ils parlaient était apparemment différent de celui des gens d'au-dessus ; de sorte que je fus absolument laissé à mes seuls efforts, et la pensée d'une fuite immédiate s'empara tout de suite de mon esprit. « Tu es ici maintenant pour savoir ce qui s'y passe », me dis-je alors, et je m'avançai à tâtons dans le tunnel, tandis que grandissait le bruit des machines. Bientôt je ne pus plus sentir les parois et j'arrivai à un espace plus large ; craquant une allumette, je vis que j'étais entré dans une vaste caverne voûtée, qui s'étendait dans les profondeurs des ténèbres au-delà de la portée de la lueur de mon allumette. J'en vis autant que l'on peut en voir pendant le court instant où brûle une allumette.

« Nécessairement, ce que je me rappelle reste vague. De grandes formes comme d'énormes machines surgissaient des ténèbres et projetaient de fantastiques ombres noires, dans lesquelles les Morlocks, comme de ternes spectres, s'abritaient de la lumière. L'atmosphère, par parenthèse, était lourde et

oppressive, and the faint halitus of freshly shed blood was in the air. Some way down the central vista was a little table of white metal, laid with what seemed a meal. The Morlocks at any rate were carnivorous! Even at the time, I remember wondering what large animal could have survived to furnish the red joint I saw. It was all very indistinct: the heavy smell, the big unmeaning shapes, the obscene figures lurking in the shadows, and only waiting for the darkness to come at me again! Then the match burned down, and stung my fingers, and fell, a wriggling red spot in the blackness.

'I have thought since how particularly ill-equipped I was for such an experience. When I had started with the Time Machine, I had started with the absurd assumption that the men of the Future would certainly be infinitely ahead of ourselves in all their appliances. I had come without arms, without medicine, without anything to smoke — at times I missed tobacco frightfully — even without enough matches. If only I had thought of a Kodak! I could have flashed that glimpse of the Underworld in a second, and examined it at leisure. But, as it was, I stood there with only the weapons and the powers that Nature had endowed me with — hands, feet, and teeth; these, and four safety-matches that still remained to me.

'I was afraid to push my way in among all this machinery in the dark, and it was only with my last glimpse of light I discovered that my store of matches had run low. It had never occurred to me until that moment

étouffante et de fades émanations de sang fraîchement répandu flottaient dans l'air. Un peu plus bas, vers le centre, j'apercevais une petite table de métal blanchâtre, sur laquelle semblait être servi un repas. Les Morlocks, en tout cas, étaient carnivores ! À ce moment-là même, je me rappelle m'être demandé quel grand animal pouvait avoir survécu pour fournir la grosse pièce saignante que je voyais. Tout cela était fort peu distinct : l'odeur suffocante, les grandes formes sans signification, les êtres immondes aux aguets dans l'ombre et n'attendant que le retour de l'obscurité pour revenir sur moi ! Alors l'allumette s'éteignit, me brûla les doigts et tomba, tache rouge rayant les ténèbres.

« J'ai pensé depuis que j'étais particulièrement mal équipé pour une telle expérience. Quand je m'étais mis en route avec la Machine, j'étais parti avec l'absurde supposition que les humains de l'avenir devaient certainement être infiniment supérieurs à nous. J'étais venu sans armes, sans remèdes, sans rien à fumer – parfois le tabac me manquait terriblement – et je n'avais même pas assez d'allumettes. Si seulement j'avais pensé à un appareil photographique pour prendre un instantané de ce Monde Souterrain, afin de pouvoir l'examiner plus tard à loisir ! Mais quoi qu'il en soit, j'étais là avec les seules armes et les seules ressources dont m'a doué la nature – des mains, des pieds et des dents ; plus quatre allumettes suédoises qui me restaient encore.

« Je redoutais de m'aventurer dans les ténèbres au milieu de toutes ces machines et ce ne fut qu'avec mon dernier éclair de lumière que je découvris que ma provision d'allumettes s'épuisait. Il ne m'était jamais venu à l'idée, avant ce moment,

that there was any need to economize them, and I had wasted almost half the box in astonishing the Upper-worlders, to whom fire was a novelty. Now, as I say, I had four left, and while I stood in the dark, a hand touched mine, lank fingers came feeling over my face, and I was sensible of a peculiar unpleasant odour. I fancied I heard the breathing of a crowd of those dreadful little beings about me. I felt the box of matches in my hand being gently disengaged, and other hands behind me plucking at my clothing. The sense of these unseen creatures examining me was indescribably unpleasant. The sudden realization of my ignorance of their ways of thinking and doing came home to me very vividly in the darkness. I shouted at them as loudly as I could. They started away, and then I could feel them approaching me again. They clutched at me more boldly, whispering odd sounds to each other. I shivered violently, and shouted again — rather discordantly. This time they were not so seriously alarmed, and they made a queer laughing noise as they came back at me. I will confess I was horribly frightened. I determined to strike another match and escape under the protection of its glare. I did so, and eking out the flicker with a scrap of paper from my pocket, I made good my retreat to the narrow tunnel.

'But I had scarce entered this when my light was blown out and in the blackness I could hear the Morlocks rustling like wind among leaves, and pattering like the rain, as they hurried after me.

qu'il y eût quelque nécessité de les économiser, et j'avais gaspillé presque la moitié de la boîte à étonner les Éloïs, pour lesquels le feu était une nouveauté. Il ne m'en restait donc plus que quatre. Pendant que je demeurais là dans l'obscurité, une main toucha la mienne, des doigts flasques me palpèrent la figure et je perçus une odeur particulièrement désagréable. Je m'imaginai entendre autour de moi les souffles d'une multitude de ces petits êtres. Je sentis des doigts essayer de s'emparer doucement de la boîte d'allumettes que j'avais à la main et d'autres derrière moi qui tiraient mes habits. Il m'était indiciblement désagréable de deviner ces créatures que je ne voyais pas et qui m'examinaient. L'idée soudaine de mon ignorance de leurs manières de penser et de faire me vint vivement à l'esprit dans ces ténèbres. Je me mis, aussi fort que je pus, à pousser de grands cris. Ils s'écartèrent vivement ; puis je les sentis s'approcher de nouveau. Leurs attouchements devinrent plus hardis et ils se murmurèrent les uns aux autres des sons bizarres. Je frissonnai violemment et me remis à pousser des cris d'une façon plutôt discordante. Cette fois, ils furent moins sérieusement alarmés et ils se rapprochèrent avec un singulier petit rire. Je dois confesser que j'étais horriblement effrayé. Je me décidai à craquer une autre allumette et à m'échapper, protégé par sa lueur ; je fis durer la lumière en enflammant une feuille de papier que je trouvai dans ma poche et j'opérai ma retraite vers l'étroit tunnel.

« Mais j'y pénétrais à peine que la flamme s'éteignit et, dans l'obscurité, je pus entendre les Morlocks bruire comme le vent dans les feuilles ou la pluie qui tombe, tandis qu'ils se précipitaient à ma poursuite.

'In a moment I was clutched by several hands, and there was no mistaking that they were trying to haul me back. I struck another light, and waved it in their dazzled faces. You can scarce imagine how nauseatingly inhuman they looked—those pale, chinless faces and great, lidless, pinkish-grey eyes!—as they stared in their blindness and bewilderment. But I did not stay to look, I promise you: I retreated again, and when my second match had ended, I struck my third. It had almost burned through when I reached the opening into the shaft. I lay down on the edge, for the throb of the great pump below made me giddy. Then I felt sideways for the projecting hooks, and, as I did so, my feet were grasped from behind, and I was violently tugged backward. I lit my last match ... and it incontinently went out. But I had my hand on the climbing bars now, and, kicking violently, I disengaged myself from the clutches of the Morlocks and was speedily clambering up the shaft, while they stayed peering and blinking up at me: all but one little wretch who followed me for some way, and well-nigh secured my boot as a trophy.

'That climb seemed interminable to me. With the last twenty or thirty feet of it a deadly nausea came upon me. I had the greatest difficulty in keeping my hold. The last few yards was a frightful struggle against this faintness. Several times my head swam, and I felt all the sensations of falling. At last, however, I got over the well-mouth somehow, and staggered out of the ruin into the blinding sunlight.

« En un moment, je me sentis saisir par plusieurs mains, et je ne pus me méprendre sur leur intention de me ramener en arrière. Je craquai une autre allumette et l'agitai à leurs faces éblouies. Vous pouvez difficilement vous imaginer combien ils paraissaient peu humains et nauséabonds – la face blême et sans menton, et leurs grands yeux d'un gris rosâtre sans paupières – tandis qu'ils s'arrêtaient aveuglés et égarés. Mais je ne m'attardai guère à les considérer, je vous le promets : je continuai ma retraite, et lorsque une seconde allumette fut éteinte, j'allumai la troisième. Elle était presque consumée lorsque j'atteignis l'ouverture qui s'ouvrait dans le puits. Je m'étendis à terre sur le bord, car les battements de la grande pompe du fond m'étourdissaient. Je cherchai sur les parois les échelons, et tout à coup, je me sentis saisi par les pieds et violemment tiré en arrière. Je craquai ma dernière allumette… qui ne prit pas. Mais j'avais pu néanmoins saisir un des échelons, et, lançant en arrière de violents coups de pied, je me dégageai de l'étreinte des Morlocks, et escaladai rapidement le puits, tandis qu'ils restaient en bas, me regardant monter en clignotant de leurs gros yeux, sauf un petit misérable qui me suivit pendant un instant et voulut s'emparer de ma chaussure, comme d'un trophée sans doute.

« Cette escalade me semblait interminable. Pendant les derniers sept ou dix mètres, une nausée mortelle me prit. J'eus la plus grande difficulté à ne pas lâcher prise. Aux derniers échelons, ce fut une lutte terrible contre cette défaillance. À plusieurs reprises la tête me tourna et j'anticipai les sensations d'une chute. Enfin, cependant, je parvins du mieux que je pus jusqu'en haut et, enjambant la margelle, je m'échappai en chancelant hors des ruines, jusqu'au soleil aveuglant.

I fell upon my face. Even the soil smelt sweet and clean. Then I remember Weena kissing my hands and ears, and the voices of others among the Eloi. Then, for a time, I was insensible.'

Là, je tombai la face contre terre. Le sol me paraissait dégager une odeur douce et propre. Puis je me rappelle Weena baisant mes mains et mes oreilles et les voix d'autres Éloïs. Ensuite, pendant un certain temps, je reperdis connaissance. »

10

'Now, indeed, I seemed in a worse case than before. Hitherto, except during my night's anguish at the loss of the Time Machine, I had felt a sustaining hope of ultimate escape, but that hope was staggered by these new discoveries. Hitherto I had merely thought myself impeded by the childish simplicity of the little people, and by some unknown forces which I had only to understand to overcome; but there was an altogether new element in the sickening quality of the Morlocks—a something inhuman and malign. Instinctively I loathed them. Before, I had felt as a man might feel who had fallen into a pit: my concern was with the pit and how to get out of it. Now I felt like a beast in a trap, whose enemy would come upon him soon.

'The enemy I dreaded may surprise you. It was the darkness of the new moon. Weena had put this into my head by some at first incomprehensible remarks about the Dark Nights. It was not now such a very difficult problem to guess what the coming Dark Nights might mean.

10

Quand la nuit vint

« Je me trouvai, après cet exploit, dans une situation réellement pire qu'auparavant. Jusque-là, sauf pendant la nuit d'angoisse qui suivit la perte de la Machine, j'avais eu l'espoir réconfortant d'une ultime délivrance, mais cet espoir était ébranlé par mes récentes découvertes. Jusque-là, je m'étais simplement cru retardé par la puérile simplicité des Éloïs et par quelque force inconnue qu'il me fallait comprendre pour la surmonter ; mais un élément entièrement nouveau intervenait avec l'écœurante espèce des Morlocks – quelque chose d'inhumain et de méchant. J'éprouvais pour eux une haine instinctive. Auparavant, j'avais ressenti ce que ressentirait un homme qui serait tombé dans un gouffre : ma seule affaire était le gouffre et le moyen d'en sortir. Maintenant je me sentais comme une bête dans une trappe, appréhendant un ennemi qui doit survenir bientôt.

« L'ennemi que je redoutais peut vous surprendre. C'était l'obscurité de la nouvelle lune. Weena m'avait mis cela en tête, par quelques remarques d'abord incompréhensibles à propos des nuits obscures. Ce que signifiait la venue des nuits obscures n'était plus maintenant un problème bien difficile à résoudre.

The moon was on the wane: each night there was a longer interval of darkness. And I now understood to some slight degree at least the reason of the fear of the little Upper-world people for the dark. I wondered vaguely what foul villainy it might be that the Morlocks did under the new moon.

'I felt pretty sure now that my second hypothesis was all wrong. The Upper-world people might once have been the favoured aristocracy, and the Morlocks their mechanical servants: but that had long since passed away. The two species that had resulted from the evolution of man were sliding down towards, or had already arrived at, an altogether new relationship. The Eloi, like the Carolingian kings, had decayed to a mere beautiful futility. They still possessed the earth on sufferance: since the Morlocks, subterranean for innumerable generations, had come at last to find the daylit surface intolerable. And the Morlocks made their garments, I inferred, and maintained them in their habitual needs, perhaps through the survival of an old habit of service. They did it as a standing horse paws with his foot, or as a man enjoys killing animals in sport: because ancient and departed necessities had impressed it on the organism. But, clearly, the old order was already in part reversed. The Nemesis of the delicate ones was creeping on apace. Ages ago, thousands of generations ago, man had thrust his brother man out of the ease and the sunshine.

La lune était à son déclin ; chaque jour l'intervalle d'obscurité était plus long. Et je compris alors, jusqu'à un certain point au moins, la raison pour laquelle les petits habitants du monde supérieur redoutaient les ténèbres. Je me demandai vaguement à quelles odieuses atrocités les Morlocks se livraient pendant la nouvelle lune.

« J'étais maintenant à peu près certain que ma seconde hypothèse était entièrement fausse. Les habitants du monde supérieur pouvaient bien avoir été autrefois une aristocratie privilégiée, et les Morlocks leurs serviteurs mécaniques, mais tout cela avait depuis longtemps disparu. Les deux espèces qui étaient résultées de l'évolution humaine déclinaient ou étaient déjà parvenues à des relations entièrement nouvelles. Les Éloïs, comme les rois carolingiens, en étaient venus à n'être que des futilités simplement jolies : ils possédaient encore la terre par tolérance et parce que les Morlocks, subterranéens depuis d'innombrables générations, étaient arrivés à trouver intolérable la surface de la terre éclairée par le soleil. Les Morlocks leur faisaient leurs habits, concluais-je, et subvenaient à leurs besoins habituels, peut-être à cause de la survivance d'une vieille habitude de domestication. Ils le faisaient comme un cheval cabré agite ses jambes de devant ou comme un homme aime à tuer des animaux par sport : parce que des nécessités anciennes et disparues en avaient donné l'empreinte à l'organisme. Mais manifestement, l'ordre ancien était déjà en partie inversé. La Némésis des délicats Éloïs s'avançait pas à pas. Pendant des âges, pendant des milliers de générations, l'homme avait chassé son frère de sa part de bien-être et de soleil.

And now that brother was coming back changed! Already the Eloi had begun to learn one old lesson anew. They were becoming reacquainted with Fear. And suddenly there came into my head the memory of the meat I had seen in the Under-world. It seemed odd how it floated into my mind: not stirred up as it were by the current of my meditations, but coming in almost like a question from outside. I tried to recall the form of it. I had a vague sense of something familiar, but I could not tell what it was at the time.

'Still, however helpless the little people in the presence of their mysterious Fear, I was differently constituted. I came out of this age of ours, this ripe prime of the human race, when Fear does not paralyse and mystery has lost its terrors. I at least would defend myself. Without further delay I determined to make myself arms and a fastness where I might sleep. With that refuge as a base, I could face this strange world with some of that confidence I had lost in realizing to what creatures night by night I lay exposed. I felt I could never sleep again until my bed was secure from them. I shuddered with horror to think how they must already have examined me.

'I wandered during the afternoon along the valley of the Thames, but found nothing that commended itself to my mind as inaccessible. All the buildings and trees seemed easily practicable to such dexterous climbers as the Morlocks, to judge by their wells, must be. Then the tall pinnacles of the Palace of Green Porcelain and the polished gleam of its walls came back to

Et maintenant ce frère réapparaissait transformé. Déjà les Éloïs avaient commencé à rapprendre une vieille leçon. Ils refaisaient connaissance avec la crainte. Et soudain me revint à l'esprit le souvenir du repas que j'avais vu préparé dans le monde subterranéen. Étrangement, ce souvenir me hanta, il n'était pas amené par le cours de mes méditations, mais survenait presque hors de propos. J'essayai de me rappeler les formes ; j'avais un vague sens de quelque chose de familier, mais à ce moment, je ne pouvais dire ce que c'était.

« Pourtant, quelque impuissants que fussent les petits êtres en présence de leur mystérieuse crainte, j'étais constitué différemment. J'arrivais de notre époque, cet âge mûr de la race humaine, où la crainte ne peut arrêter et où le mystère a perdu ses épouvantes. Moi, du moins, je me défendrais. Sans plus de délai, je décidai de me faire des armes et une retraite où je pusse dormir. Avec cette retraite comme base, je pourrais affronter ce monde étrange avec quelque peu de la confiance que j'avais perdue en me rendant compte de l'espèce de créatures à laquelle, nuit après nuit, j'allais être exposé. Je sentais que je ne pourrais plus dormir avant que mon lit ne fût en sûreté. Je frémissais d'horreur en pensant à la manière dont ils avaient déjà dû m'examiner.

« J'errai cet après-midi-là au long de la vallée de la Tamise, mais je ne pus rien trouver qui se recommandât comme inaccessible. Tous les arbres et toutes les constructions paraissaient aisément praticables pour des grimpeurs aussi adroits que les Morlocks devaient l'être, à en juger d'après leurs puits. Alors les hautes tourelles du Palais de Porcelaine Verte et le miroitement de ses murs polis me revinrent

my memory; and in the evening, taking Weena like a
child upon my shoulder, I went up the hills towards the
south-west. The distance, I had reckoned, was seven or
eight miles, but it must have been nearer eighteen. I had
first seen the place on a moist afternoon when distances
are deceptively diminished. In addition, the heel of one
of my shoes was loose, and a nail was working through
the sole—they were comfortable old shoes I wore about
indoors—so that I was lame. And it was already long past
sunset when I came in sight of the palace, silhouetted
black against the pale yellow of the sky.

'Weena had been hugely delighted when I began to
carry her, but after a while she desired me to let her down,
and ran along by the side of me, occasionally darting off
on either hand to pick flowers to stick in my pockets. My
pockets had always puzzled Weena, but at the last she
had concluded that they were an eccentric kind of vase
for floral decoration. At least she utilized them for that
purpose. And that reminds me! In changing my jacket
I found...'

[The Time Traveller paused, put his hand into his
pocket, and silently placed two withered flowers, not
unlike very large white mallows, upon the little table.
Then he resumed his narrative.]

'As the hush of evening crept over the world and
we proceeded over the hill crest towards Wimbledon,
Weena grew tired and wanted to return to the
house of grey stone. But I pointed out the distant

en mémoire et vers le soir, portant Weena sur mon épaule comme une enfant, je montai la colline, en route vers le sud-ouest. J'avais estimé la distance à environ douze ou treize kilomètres, mais elle devait approcher plutôt de dix-huit. J'avais aperçu le palais, la première fois, par un après-midi humide, alors que les distances sont trompeusement diminuées. En outre, le talon d'une de mes chaussures ne tenait plus guère et un clou avait percé la semelle – j'avais de vieilles bottines confortables pour l'intérieur – de sorte que je boitais. Et ce ne fut que longtemps après le coucher du soleil que j'arrivai en vue du Palais dont la noire silhouette se dressait contre le jaune pâle du ciel.

« Weena avait éprouvé une joie extrême lorsque je commençai à la porter, mais après un certain temps elle désira marcher et courir à mes côtés, s'agenouillant parfois pour cueillir des fleurs dont elle garnissait mes poches. Weena avait toujours éprouvé à l'égard de mes poches un grand embarras, mais à la fin elle en avait conclu qu'elles devaient être tout simplement quelque espèce bizarre de vases pour des décorations florales. Du moins, les utilisait-elle à cet effet. Et cela me rappelle… ! En changeant de veste j'ai trouvé… »

(Notre ami s'arrêta, mit sa main dans sa poche et silencieusement plaça sur la petite table deux fleurs fanées assez semblables à de très grandes mauves blanches ; puis il reprit son récit.)

« Comme le calme du soir s'étendait sur le monde et que par-delà la colline nous avancions vers Wimbledon, Weena se trouva fatiguée et voulut retourner à la maison de pierre grise, mais je lui montrai dans la distance

pinnacles of the Palace of Green Porcelain to her, and contrived to make her understand that we were seeking a refuge there from her Fear. You know that great pause that comes upon things before the dusk? Even the breeze stops in the trees. To me there is always an air of expectation about that evening stillness. The sky was clear, remote, and empty save for a few horizontal bars far down in the sunset. Well, that night the expectation took the colour of my fears. In that darkling calm my senses seemed preternaturally sharpened. I fancied I could even feel the hollowness of the ground beneath my feet: could, indeed, almost see through it the Morlocks on their ant-hill going hither and thither and waiting for the dark. In my excitement I fancied that they would receive my invasion of their burrows as a declaration of war. And why had they taken my Time Machine?

'So we went on in the quiet, and the twilight deepened into night. The clear blue of the distance faded, and one star after another came out. The ground grew dim and the trees black. Weena's fears and her fatigue grew upon her. I took her in my arms and talked to her and caressed her. Then, as the darkness grew deeper, she put her arms round my neck, and, closing her eyes, tightly pressed her face against my shoulder. So we went down a long slope into a valley, and there in the dimness I almost walked into a little river. This I waded, and went up the opposite side of the valley, past a number of sleeping houses, and by a statue—a Faun, or some such figure, *minus* the head. Here too were acacias. So far I had seen nothing

les toits du Palais de Porcelaine Verte, et réussis à lui faire
comprendre que nous devions chercher là un refuge contre la
crainte. Vous connaissez cette grande paix qui tombe sur les
choses au moment ou vient la nuit ? La brise même s'arrête dans
les arbres. Il y a toujours pour moi dans cette tranquillité du
soir comme un air d'attente. Le ciel était clair, profond et vide,
à part quelques barres horizontales à l'extrême horizon, vers le
couchant. Ce soir-là l'attente prit la couleur de mes craintes.
Dans ce calme ténébreux, mes sens parurent avoir acquis une
acuité surnaturelle. Je me figurai sentir le sol creux sous mes
pieds et voir même à travers la terre les Morlocks, comme dans
une fourmilière, allant de-ci, de-là, dans l'attente des ténèbres.
Dans mon excitation, je m'imaginai qu'ils devaient avoir pris
mon irruption dans leurs terriers comme une déclaration de
guerre. Et pourquoi avaient-ils saisi ma Machine ?

« Nous continuâmes donc dans la quiétude des choses, et
le crépuscule s'épaissit jusqu'aux ténèbres. Le bleu clair du
lointain s'effaça, et l'une après l'autre les étoiles parurent.
Le sol devint terne et les arbres noirs. Les craintes de Weena
et sa fatigue s'accrurent. Je la pris dans mes bras, lui parlant
et la caressant. Puis, comme l'obscurité augmentait, elle
mit ses bras autour de mon cou et fermant les yeux appuya
bien fort sa petite figure sur mon épaule. Nous descendîmes
ainsi une longue pente jusque dans la vallée, où, à cause de
l'obscurité, je tombai presque dans une petite rivière ; je la
passai à gué et montai le côté opposé de la vallée au-delà de
plusieurs palais-dortoirs, et d'une statue – de faune ou de
quelque forme de ce genre – à laquelle il manquait la tête.
Là aussi, il y avait des acacias. Jusqu'alors je n'avais rien vu

of the Morlocks, but it was yet early in the night, and the darker hours before the old moon rose were still to come.

'From the brow of the next hill I saw a thick wood spreading wide and black before me. I hesitated at this. I could see no end to it, either to the right or the left. Feeling tired—my feet, in particular, were very sore—I carefully lowered Weena from my shoulder as I halted, and sat down upon the turf. I could no longer see the Palace of Green Porcelain, and I was in doubt of my direction. I looked into the thickness of the wood and thought of what it might hide. Under that dense tangle of branches one would be out of sight of the stars. Even were there no other lurking danger—a danger I did not care to let my imagination loose upon—there would still be all the roots to stumble over and the tree-boles to strike against.

'I was very tired, too, after the excitements of the day; so I decided that I would not face it, but would pass the night upon the open hill.

'Weena, I was glad to find, was fast asleep. I carefully wrapped her in my jacket, and sat down beside her to wait for the moonrise. The hill-side was quiet and de-serted, but from the black of the wood there came now and then a stir of living things. Above me shone the stars, for the night was very clear. I felt a certain sense of friendly comfort in their twinkling. All the old constellations had gone from the sky, however: that slow movement

des Morlocks, mais la nuit n'était guère avancée et les heures sombres qui allaient précéder le lever de la lune n'étaient pas encore proches.

« Du sommet de la colline, je vis un bois épais s'étendant large et noir, devant moi. Cela me fit hésiter. Je n'en pouvais voir la fin, ni à droite, ni à gauche. Me sentant fatigué, mes pieds surtout me faisaient très mal – je posai avec précaution Weena à terre et m'assis moi-même sur le gazon. Je n'apercevais plus le Palais de Porcelaine Verte et je n'étais pas sûr de ma direction. Mes yeux essayaient de pénétrer l'épaisseur de la forêt et je pensais à ce qu'elle pouvait recéler. Sous ce dense enchevêtrement de branches, on ne devait plus apercevoir les étoiles. Même s'il n'y avait là aucun danger caché – danger sur lequel je ne tenais pas à lancer mon imagination –, il y aurait les racines contre lesquelles trébucher et les troncs d'arbres contre lesquels se heurter.

« J'étais aussi extrêmement las, après les excitations de la journée ; aussi décidai-je de ne pas affronter cet inconnu, mais de passer la nuit au plein air, sur la colline.

« Je fus heureux de voir que Weena dormait profondément, je l'enveloppai soigneusement dans ma veste et m'assis auprès d'elle pour attendre le lever de la lune. La colline était tranquille et déserte, mais, des ténèbres de la forêt, venait de temps à autre quelque bruit comme celui d'êtres vivants. Au-dessus de moi brillaient les étoiles, car la nuit était très claire. Je me sentais comme amicalement réconforté par leur scintillement. Cependant, je ne trouvais plus au ciel les anciennes constellations : leur lent mouvement,

which is imperceptible in a hundred human lifetimes, had long since rearranged them in unfamiliar groupings. But the Milky Way, it seemed to me, was still the same tattered streamer of star-dust as of yore. Southward (as I judged it) was a very bright red star that was new to me; it was even more splendid than our own green Sirius. And amid all these scintillating points of light one bright planet shone kindly and steadily like the face of an old friend.

'Looking at these stars suddenly dwarfed my own troubles and all the gravities of terrestrial life. I thought of their unfathomable distance, and the slow inevitable drift of their movements out of the unknown past into the unknown future. I thought of the great precessional cycle that the pole of the earth describes. Only forty times had that silent revolution occurred during all the years that I had traversed. And during these few revolutions all the activity, all the traditions, the complex organizations, the nations, languages, literatures, aspirations, even the mere memory of Man as I knew him, had been swept out of existence. Instead were these frail creatures who had forgotten their high ancestry, and the white Things of which I went in terror. Then I thought of the Great Fear that was between the two species, and for the first time, with a sudden shiver, came the clear knowledge of what the meat I had seen might be. Yet it was too horrible! I looked at little Weena sleeping beside me, her face white and starlike under the stars, and forthwith dismissed the thought.

qui est imperceptible pendant des centaines de vies humaines, les avait depuis longtemps réarrangées en groupements qui ne m'étaient plus familiers. Mais la Voie Lactée, me semblait-il, était comme autrefois la même banderole effilochée de poussière d'étoiles. Du côté du sud, d'après ce que je pus juger, était une étoile rouge très brillante qui était toute nouvelle pour moi ; elle était plus resplendissante encore que notre Sirius vert. Et parmi tous ces points de lumière scintillante, une planète brillait vivement d'une clarté régulière et bienveillante, comme la figure d'un vieil ami.

« La contemplation de ces étoiles effaça soudain mes inquiétudes et toutes les gravités de la vie terrestre. Je songeai à leur incommensurable distance et au cours lent et inévitable de leur acheminement du passé inconnu vers le futur inconnu. Je pensai au grand cycle processionnel que décrit le pôle de la terre. Quarante fois seulement s'était produite cette silencieuse révolution pendant toutes les années que j'avais traversées. Et pendant ces quelques révolutions, toutes les activités, toutes les traditions, les organisations compliquées, les nations, langages, littératures, aspirations, même le simple souvenir de l'homme tel que je le connaissais, avaient été balayés du monde. À la place de tout cela restaient ces êtres frêles qui avaient oublié leur haute origine, et ces êtres livides qui m'épouvantaient. Je pensai alors à la grande peur qui séparait les deux espèces, et pour la première fois, avec un frisson subit, je compris clairement d'où pouvait provenir la nourriture animale que j'avais vue. Mais c'était trop horrible. Je contemplai la petite Weena dormant auprès de moi, sa figure blanche de la pâleur des étoiles, et, aussitôt, je chassai cette pensée.

'Through that long night I held my mind off the Morlocks as well as I could, and whiled away the time by trying to fancy I could find signs of the old constellations in the new confusion. The sky kept very clear, except for a hazy cloud or so. No doubt I dozed at times. Then, as my vigil wore on, came a faintness in the eastward sky, like the reflection of some colourless fire, and the old moon rose, thin and peaked and white. And close behind, and overtaking it, and overflowing it, the dawn came, pale at first, and then growing pink and warm. No Morlocks had approached us. Indeed, I had seen none upon the hill that night. And in the confidence of renewed day it almost seemed to me that my fear had been unreasonable. I stood up and found my foot with the loose heel swollen at the ankle and painful under the heel; so I sat down again, took off my shoes, and flung them away.

'I awakened Weena, and we went down into the wood, now green and pleasant instead of black and forbidding. We found some fruit wherewith to break our fast. We soon met others of the dainty ones, laughing and dancing in the sunlight as though there was no such thing in nature as the night. And then I thought once more of the meat that I had seen. I felt assured now of what it was, and from the bottom of my heart I pitied this last feeble rill from the great flood of humanity. Clearly, at some time in the Long-Ago of human decay the Morlocks' food

« Pendant cette longue nuit, j'écartai de mon esprit, du mieux que je le pus, la pensée des Morlocks, et je fis passer le temps en essayant de me figurer que je pouvais trouver les traces des anciennes constellations dans leur confusion nouvelle. Le ciel restait très clair, à part quelques rares nuages de brume légère. Je dus sans aucun doute m'assoupir à plusieurs reprises. Puis, comme ma veillée s'écoulait, une faible éclaircie monta vers l'est, comme la réflexion de quelque feu incolore, et la lune se leva, mince, effilée et blême. Immédiatement derrière elle, la rattrapant et l'inondant, l'aube vint, pâle d'abord, et puis bientôt rose et ardente. Aucun Morlock ne s'était approché. Ou du moins, je n'en avais vu aucun sur la colline cette nuit-là. Et, avec la confiance que ramenait le jour nouveau, il me sembla presque que mes craintes avaient été déraisonnables et absurdes. Je me levai, et m'aperçus que celui de mes pieds que chaussait la bottine endommagée était enflé à la cheville et très douloureux sous le talon. De sorte que je m'assis de nouveau, retirai mes chaussures, et les lançai loin de moi, n'importe où.

« J'éveillai Weena, et nous nous mîmes en route vers la forêt, maintenant verte et agréable, au lieu d'obscure et effrayante. Nous trouvâmes quelques fruits avec lesquels nous rompîmes notre jeûne. Bientôt, nous rencontrâmes d'autres Éloïs, riant et dansant au soleil, comme s'il n'y avait pas dans la nature cette chose qui s'appelle la nuit. Alors je repensai à ce repas carnivore que j'avais vu. J'étais certain maintenant d'avoir deviné quel mets le composait, et, au fond de mon cœur, je m'apitoyai sur ce dernier et faible ruisseau du grand fleuve de l'humanité. Évidemment, à un certain moment du long passé de la décadence humaine, la nourriture des Morlocks

had run short. Possibly they had lived on rats and such-like vermin. Even now man is far less discriminating and exclusive in his food than he was — far less than any monkey. His prejudice against human flesh is no deep-seated instinct. And so these inhuman sons of men — — ! I tried to look at the thing in a scientific spirit. After all, they were less human and more remote than our cannibal ancestors of three or four thousand years ago. And the intelligence that would have made this state of things a torment had gone. Why should I trouble myself? These Eloi were mere fatted cattle, which the ant-like Morlocks preserved and preyed upon — probably saw to the breeding of. And there was Weena dancing at my side!

'Then I tried to preserve myself from the horror that was coming upon me, by regarding it as a rigorous punishment of human selfishness. Man had been content to live in ease and delight upon the labours of his fellow-man, had taken Necessity as his watchword and excuse, and in the fullness of time Necessity had come home to him. I even tried a Carlyle-like scorn of this wretched aristocracy in decay. But this attitude of mind was impossible. However great their intellectual degradation, the Eloi had kept too much of the human form not to claim my sympathy, and to make me perforce a sharer in their degradation and their Fear.

était devenue rare. Peut-être s'étaient-ils nourris de rats et autre vermine. Maintenant même, l'homme est beaucoup moins qu'autrefois délicat et exclusif pour sa nourriture – beaucoup moins que n'importe quel singe. Son préjugé contre la chair humaine n'est pas un instinct bien profondément enraciné. Ainsi donc ces inhumains enfants des hommes… ! J'essayai de considérer la chose d'un point de vue scientifique. Après tout, ils étaient moins humains et plus éloignés de nous que nos ancêtres cannibales d'il y a trois ou quatre mille ans. Et l'intelligence avait disparu qui, de cet état de choses, eût fait un tourment. À quoi bon me tourmenter ? Ces Éloïs étaient simplement un bétail à l'engrais, que, telles les fourmis, les Morlocks gardaient et qu'ils dévoraient – à la nourriture duquel ils pourvoyaient même. Et il y avait là Weena qui gambadait à mes côtés.

« Je cherchai alors à me protéger contre l'horreur qui m'envahissait en envisageant la chose comme une punition rigoureuse de l'égoïsme humain. L'homme s'était contenté de vivre dans le bien-être et les délices, aux dépens du labeur d'autres hommes ; il avait eu la Nécessité comme mot d'ordre et excuse et, dans la plénitude des âges, la Nécessité s'était retournée contre lui. J'essayai même une sorte de mépris à la Carlyle pour cette misérable aristocratie en décadence. Mais cette attitude d'esprit était impossible. Quelque grand qu'ait été leur avilissement intellectuel, les Éloïs avaient trop gardé de la forme humaine pour ne pas avoir droit à ma sympathie et me faire partager de force leur dégradation et leur crainte.

'I had at that time very vague ideas as to the course I should pursue. My first was to secure some safe place of refuge, and to make myself such arms of metal or stone as I could contrive. That necessity was immediate. In the next place, I hoped to procure some means of fire, so that I should have the weapon of a torch at hand, for nothing, I knew, would be more efficient against these Morlocks. Then I wanted to arrange some contrivance to break open the doors of bronze under the White Sphinx. I had in mind a battering ram. I had a persuasion that if I could enter those doors and carry a blaze of light before me I should discover the Time Machine and escape. I could not imagine the Morlocks were strong enough to move it far away. Weena I had resolved to bring with me to our own time. And turning such schemes over in my mind I pursued our way towards the building which my fancy had chosen as our dwelling.'

« J'avais à ce moment des idées très vagues sur ce que j'allais faire. Ma première idée était de m'assurer quelque retraite certaine et de me fabriquer des armes de métal ou de pierre. Cette nécessité était immédiate. Ensuite, j'espérais me procurer quelque moyen de faire du feu, afin d'avoir l'arme redoutable qu'était une torche, car rien, je le savais, ne serait plus efficace contre ces Morlocks. Puis il me faudrait imaginer quelque expédient pour rompre les portes de bronze du piédestal du Sphinx Blanc. J'avais l'idée d'une sorte de bélier. J'étais persuadé que, si je pouvais ouvrir ces portes et tenir devant moi quelque flamme, je découvrirais la Machine et pourrais m'échapper. Je ne pouvais croire que les Morlocks fussent assez forts pour la transporter bien loin. J'étais résolu à ramener Weena avec moi dans notre époque actuelle. En retournant tous ces projets dans ma tête, je poursuivis mon chemin vers l'édifice que ma fantaisie avait choisi pour être notre demeure. »

11

'I found the Palace of Green Porcelain, when we approached it about noon, deserted and falling into ruin. Only ragged vestiges of glass remained in its windows, and great sheets of the green facing had fallen away from the corroded metallic framework. It lay very high upon a turfy down, and looking north-eastward before I entered it, I was surprised to see a large estuary, or even creek, where I judged Wandsworth and Battersea must once have been. I thought then—though I never followed up the thought—of what might have happened, or might be happening, to the living things in the sea.

'The material of the Palace proved on examination to be indeed porcelain, and along the face of it I saw an inscription in some unknown character. I thought, rather foolishly, that Weena might help me to interpret this, but I only learned that the bare idea of writing had never entered her head. She always seemed to me, I fancy, more human than she was, perhaps because her affection was so human.

11
Le Palais de porcelaine verte

« Nous arrivâmes vers midi au Palais de Porcelaine Verte, que je trouvai désert et tombant en ruine. Il ne restait aux fenêtres que des fragments de vitres, et de grandes plaques de l'enduit vert de la façade s'étaient détachées des châssis métalliques corrodés. Le palais était situé au haut d'une pente gazonnée et, tournant, avant d'entrer, mes yeux vers le nord-est, je fus surpris de voir un large estuaire et même un véritable bras de mer là où je croyais qu'avaient été autrefois Wandsworth et Battersea. Je pensai alors – sans suivre plus loin cette idée – à ce qui devait être arrivé ou peut-être arrivait aux êtres vivant dans la mer.

« Les matériaux du Palais se trouvèrent être, après examen, de la véritable porcelaine, et, sur le fronton, j'aperçus une inscription en caractères inconnus. Je pensai assez sottement que Weena pourrait m'aider à l'interpréter, mais je m'aperçus alors que la simple idée d'une écriture n'avait jamais pénétré son cerveau. Elle me parut toujours, je crois, plus humaine qu'elle n'était réellement, peut-être parce que son affection était si humaine.

'Within the big valves of the door—which were open
and broken—we found, instead of the customary hall, a
long gallery lit by many side windows. At the first glance I
was reminded of a museum. The tiled floor was thick with
dust, and a remarkable array of miscellaneous objects was
shrouded in the same grey covering. Then I perceived,
standing strange and gaunt in the centre of the hall, what
was clearly the lower part of a huge skeleton. I recognized
by the oblique feet that it was some extinct creature after
the fashion of the Megatherium. The skull and the upper
bones lay beside it in the thick dust, and in one place,
where rain-water had dropped through a leak in the
roof, the thing itself had been worn away. Further in the
gallery was the huge skeleton barrel of a Brontosaurus.
My museum hypothesis was confirmed. Going towards
the side I found what appeared to be sloping shelves,
and clearing away the thick dust, I found the old familiar
glass cases of our own time. But they must have been air-
tight to judge from the fair preservation of some of their
contents.

'Clearly we stood among the ruins of some latter-
day South Kensington! Here, apparently, was the
Palaeontological Section, and a very splendid array of
fossils it must have been, though the inevitable process
of decay that had been staved off for a time, and had,
through the extinction of bacteria and fungi, lost ninety-
nine hundredths of its force, was nevertheless, with
extreme sureness if with extreme slowness at work again
upon all its treasures. Here and there I found traces

« Au-delà des grands battants des portes – qui étaient ouvertes et brisées – je trouvai, au lieu de la salle habituelle, une longue galerie éclairée par de nombreuses fenêtres latérales. Dès le premier coup d'œil, j'eus l'idée d'un musée. Le carrelage était recouvert d'une épaisse couche de poussière, et un remarquable étalage d'objets variés disparaissait sous une pareille couche grise. J'aperçus alors, debout, étrange et décharné, au centre de la salle, quelque chose qui devait être la partie inférieure d'un immense squelette. Je reconnus, par les pieds obliques, que c'était quelque être disparu, du genre du Mégathérium. Le crâne et les os de la partie supérieure gisaient à terre, dans la poussière épaisse, et, à un endroit où la pluie goutte à goutte tombait de quelque fissure du toit, les os étaient rongés. Plus loin se trouvait le squelette énorme d'un Brontosaure. Mon hypothèse d'un musée se confirmait. Sur l'un des côtés, je trouvai ce qui me parut être des rayons inclinés, et, essuyant la poussière épaisse, je trouvai les habituels casiers vitrés, tels que nous en avons maintenant. Mais ils devaient être imperméables à l'air, à en juger par la conservation parfaite de la plupart des objets qu'ils contenaient.

« Évidemment, nous étions au milieu des ruines de quelque dernier Musée d'Histoire Naturelle. C'était apparemment ici la Section Paléontologique qui avait renfermé une splendide collection de fossiles, encore que l'inévitable décomposition, qui avait été retardée pour un temps et avait par la destruction des bactéries et des moisissures perdu les quatre-vingt-dix-neuf centièmes de sa force, se fût néanmoins remise à l'œuvre, sûrement bien que lentement, pour l'anéantissement de tous ces trésors. Ici et là, je trouvai des vestiges

of the little people in the shape of rare fossils broken to pieces or threaded in strings upon reeds. And the cases had in some instances been bodily removed—by the Morlocks as I judged. The place was very silent. The thick dust deadened our footsteps. Weena, who had been rolling a sea urchin down the sloping glass of a case, presently came, as I stared about me, and very quietly took my hand and stood beside me.

'And at first I was so much surprised by this ancient monument of an intellectual age, that I gave no thought to the possibilities it presented. Even my preoccupation about the Time Machine receded a little from my mind.

'To judge from the size of the place, this Palace of Green Porcelain had a great deal more in it than a Gallery of Palaeontology; possibly historical galleries; it might be, even a library! To me, at least in my present circumstances, these would be vastly more interesting than this spectacle of oldtime geology in decay. Exploring, I found another short gallery running transversely to the first. This appeared to be devoted to minerals, and the sight of a block of sulphur set my mind running on gunpowder. But I could find no saltpeter; indeed, no nitrates of any kind. Doubtless they had deliquesced ages ago. Yet the sulphur hung in my mind, and set up a train of thinking. As for the rest of the contents of that gallery, though on the whole they were the best preserved of all I saw, I had little interest. I am no specialist in mineralogy,

humains sous forme de rares fossiles en morceaux ou enfilés en chapelets sur des fibres de roseaux. Les étagères, en divers endroits, avaient été entièrement déplacées – par les Morlocks, à ce qu'il me parut. Un grand silence emplissait les salles. La poussière épaisse amortissait nos pas. Weena, qui s'amusait à faire rouler un oursin sur la vitre en pente d'une case, revint précipitamment vers moi, tandis que je regardais tout à l'entour, me prit très tranquillement la main et resta auprès de moi.

« Tout d'abord je fus tellement surpris par cet ancien monument, légué par un âge intellectuel, que je ne pensai nullement aux possibilités qu'il offrait. Même la préoccupation de la Machine s'éloigna un instant de mon esprit.

« À en juger par ses dimensions, ce Palais de Porcelaine Verte contenait beaucoup plus de choses qu'une Galerie de Paléontologie ; peut-être y avait-il des galeries histologiques : il se pouvait qu'il y eût même une Bibliothèque ! Pour moi, tout au moins dans de telles circonstances, cela eût été beaucoup plus intéressant que ce spectacle d'une antique géologie en décomposition. En continuant mon exploration, je trouvai une autre courte galerie, transversale à la première, qui paraissait être consacrée aux minéraux, et la vue d'un bloc de soufre éveilla dans mon esprit l'idée de poudre, mais je ne pus trouver de salpêtre ; et, de fait, aucun nitrate d'aucune espèce. Sans doute étaient-ils dissous depuis des âges. Cependant ce morceau de soufre hanta mon esprit et agita toute une série d'idées. Quant au reste du contenu de la galerie, qui était le mieux conservé de tout ce que je vis, il ne m'intéressait guère – je ne suis pas spécialement minéralogiste –

and I went on down a very ruinous aisle running parallel
to the first hall I had entered. Apparently this section
had been devoted to natural history, but everything had
long since passed out of recognition. A few shrivelled
and blackened vestiges of what had once been stuffed
animals, desiccated mummies in jars that had once held
spirit, a brown dust of departed plants: that was all! I
was sorry for that, because I should have been glad to
trace the patent readjustments by which the conquest of
animated nature had been attained. Then we came to a
gallery of simply colossal proportions, but singularly ill-
lit, the floor of it running downward at a slight angle from
the end at which I entered. At intervals white globes hung
from the ceiling — many of them cracked and smashed —
which suggested that originally the place had been
artificially lit. Here I was more in my element, for rising
on either side of me were the huge bulks of big machines,
all greatly corroded and many broken down, but some
still fairly complete. You know I have a certain weakness
for mechanism, and I was inclined to linger among these;
the more so as for the most part they had the interest of
puzzles, and I could make only the vaguest guesses at
what they were for. I fancied that if I could solve their
puzzles I should find myself in possession of powers that
might be of use against the Morlocks.

'Suddenly Weena came very close to my side. So
suddenly that she startled me. Had it not been for her
I do not think I should have noticed that the floor of

et je me dirigeai vers une aile très en ruine qui était parallèle à la première salle où j'étais entré. Apparemment, cette section avait été consacrée à l'Histoire Naturelle, mais tout ce qu'elle avait renfermé était depuis longtemps méconnaissable. Quelques vestiges racornis et noircis de ce qui avait été autrefois des animaux empaillés ; des momies desséchées en des bocaux qui avaient contenu de l'alcool ; une poussière brune, reste de plantes disparues ; et c'était tout ! Je le regrettai fort, car j'aurais été heureux de pouvoir retracer les patients arrangements au moyen desquels s'était accomplie la conquête de la nature animée. Ensuite nous arrivâmes à une galerie de dimensions simplement colossales, mais singulièrement mal éclairée, et dont le sol, en pente faible, faisait un léger angle avec la galerie que je quittais. Des globes blancs pendaient, par intervalles, du plafond, la plupart fêlés et brisés, suggérant un éclairage artificiel ancien. Ici, j'étais plus dans mon élément, car, de chaque côté, s'élevaient les masses énormes de gigantesques machines, toutes grandement corrodées et pour la plupart brisées, mais quelques-unes suffisamment complètes. Vous connaissez mon faible pour la mécanique et j'étais disposé à m'attarder au milieu de tout cela ; d'autant plus qu'elles offraient souvent l'intérêt d'énigmes et je ne pouvais faire que les plus vagues conjectures quant à leur utilisation. Je me figurais que si je pouvais résoudre ces énigmes, je me trouverais en possession de pouvoirs qui me seraient utiles contre les Morlocks.

« Tout à coup Weena se rapprocha très près de moi ; et si soudainement que je tressaillis. Si ce n'avait été d'elle, je ne crois pas que j'aurais remarqué l'inclinaison du sol de

the gallery sloped at all.[1] The end I had come in at was quite above ground, and was lit by rare slit-like windows. As you went down the length, the ground came up against these windows, until at last there was a pit like the «area» of a London house before each, and only a narrow line of daylight at the top. I went slowly along, puzzling about the machines, and had been too intent upon them to notice the gradual diminution of the light, until Weena's increasing apprehensions drew my attention. Then I saw that the gallery ran down at last into a thick darkness. I hesitated, and then, as I looked round me, I saw that the dust was less abundant and its surface less even. Further away towards the dimness, it appeared to be broken by a number of small narrow footprints. My sense of the immediate presence of the Morlocks revived at that. I felt that I was wasting my time in the academic examination of machinery. I called to mind that it was already far advanced in the afternoon, and that I had still no weapon, no refuge, and no means of making a fire. And then down in the remote blackness of the gallery I heard a peculiar pattering, and the same odd noises I had heard down the well.

'I took Weena's hand. Then, struck with a sudden idea, I left her and turned to a machine from which projected a lever not unlike those in a signal-box. Clambering upon the stand, and grasping this lever in my hands, I put all my weight upon it sideways. Suddenly Weena, deserted

---

1. It may be, of course, that the floor did not slope, but that the museum was built into the side of a hill.—Ed.

la galerie. L'extrémité où j'étais parvenu se trouvait entièrement au-dessus du sol, et était éclairée par de rares fenêtres fort étroites. En descendant, dans la longueur, le sol s'élevait contre ces fenêtres jusqu'à une fosse, semblable aux sous-sols des maisons de Londres, qui s'ouvrait devant chacune d'elles, avec seulement une étroite ligne de jour au sommet. J'avançai lentement, cherchant à deviner l'usage de ces machines, et mon attention fut trop absorbée par elles pour me laisser remarquer la diminution graduelle du jour ; ce furent les croissantes appréhensions de Weena qui m'en firent apercevoir. Je vis alors que la galerie s'enfonçait dans d'épaisses ténèbres. J'hésitai, puis en regardant autour de moi, j'observai que la couche de poussière était moins abondante et sa surface moins plane. Un peu plus loin, du côté de l'obscurité, elle paraissait rompue par un certain nombre d'empreintes de pieds, menues et étroites. La sensation de la présence immédiate des Morlocks se ranima. J'eus conscience que je perdais un temps précieux à l'examen académique de toutes ces machines. Je me rappelai que l'après-midi était déjà très avancé et que je n'avais encore ni arme, ni abri, ni aucun moyen de faire du feu. Puis, venant du fond obscur de la galerie, j'entendis les singuliers battements et les mêmes bruits bizarres que j'avais entendus au fond du puits.

« Je pris la main de Weena. Puis, frappé d'une idée soudaine, je la laissai et m'avançai vers une machine d'où s'élançait un levier assez semblable à ceux des postes d'aiguillage. Gravissant la plate-forme, je saisis le levier et, de toutes mes forces, je le secouai en tous les sens. Soudain, Weena que j'avais laissée

in the central aisle, began to whimper. I had judged the strength of the lever pretty correctly, for it snapped after a minute's strain, and I rejoined her with a mace in my hand more than sufficient, I judged, for any Morlock skull I might encounter. And I longed very much to kill a Morlock or so. Very inhuman, you may think, to want to go killing one's own descendants! But it was impossible, somehow, to feel any humanity in the things. Only my disinclination to leave Weena, and a persuasion that if I began to slake my thirst for murder my Time Machine might suffer, restrained me from going straight down the gallery and killing the brutes I heard.

'Well, mace in one hand and Weena in the other, I went out of that gallery and into another and still larger one, which at the first glance reminded me of a military chapel hung with tattered flags. The brown and charred rags that hung from the sides of it, I presently recognized as the decaying vestiges of books. They had long since dropped to pieces, and every semblance of print had left them. But here and there were warped boards and cracked metallic clasps that told the tale well enough. Had I been a literary man I might, perhaps, have moralized upon the futility of all ambition. But as it was, the thing that struck me with keenest force was the enormous waste of labour to which this sombre wilderness of rotting paper testified. At the time I will confess that I thought chiefly of the *Philosophical Transactions* and my own seventeen papers upon physical optics.

au milieu de la galerie se mit à gémir. J'avais conjecturé assez exactement la force de résistance du levier, car après une minute d'efforts il cassa net et je rejoignis Weena avec, dans ma main, une masse plus que suffisante, pensais-je, pour n'importe quel crâne de Morlock que je pourrais rencontrer. Et il me tardait grandement d'en tuer quelques-uns. Bien inhumaine, penserez-vous, cette envie de massacrer ses propres descendants ! Mais il n'était en aucune façon possible de ressentir le moindre sentiment d'humanité à l'égard de ces êtres. Ma seule répugnance à quitter Weena, et la conviction que, si je commençais à apaiser ma soif de meurtre, ma Machine pourrait en souffrir, furent les seules raisons qui me retinrent de descendre tout droit la galerie et d'aller massacrer les brutes que j'entendais.

« Donc, la masse dans une main et menant Weena par l'autre, je sortis de cette galerie et entrai dans une plus grande encore, qui, à première vue, me rappela une chapelle militaire tendue de drapeaux en loques. Je reconnus bientôt les haillons brunis et carbonisés qui pendaient de tous côtés comme étant les vestiges délabrés de livres. Depuis longtemps ils étaient tombés en lambeaux et toute apparence d'impression avait disparu. Mais il y avait ici et là, des cartonnages gauchis et des fermoirs de métal brisés qui en disaient assez long. Si j'avais été littérateur, j'aurais pu, peut-être, moraliser sur la futilité de toute ambition. Mais la chose qui me frappa le plus vivement et le plus fortement fut l'énorme dépense de travail inutile dont témoignait cette sombre solitude de papier pourri. Je dois avouer qu'à ce moment je pensais surtout aux *Philosophical Transactions* et à mes dix-sept brochures sur des questions d'optique.

'Then, going up a broad staircase, we came to what may once have been a gallery of technical chemistry. And here I had not a little hope of useful discoveries. Except at one end where the roof had collapsed, this gallery was well preserved. I went eagerly to every unbroken case. And at last, in one of the really air-tight cases, I found a box of matches. Very eagerly I tried them. They were perfectly good. They were not even damp. I turned to Weena. «Dance,» I cried to her in her own tongue. For now I had a weapon indeed against the horrible creatures we feared. And so, in that derelict museum, upon the thick soft carpeting of dust, to Weena's huge delight, I solemnly performed a kind of composite dance, whistling *The Land of the Leal* as cheerfully as I could. In part it was a modest *cancan*, in part a step dance, in part a skirt-dance (so far as my tail-coat permitted), and in part original. For I am naturally inventive, as you know.

'Now, I still think that for this box of matches to have escaped the wear of time for immemorial years was a most strange, as for me it was a most fortunate thing. Yet, oddly enough, I found a far unlikelier substance, and that was camphor. I found it in a sealed jar, that by chance, I suppose, had been really hermetically sealed. I fancied at first that it was paraffin wax, and smashed the glass accordingly. But the odour of camphor was unmistakable. In the universal decay this volatile substance had chanced to survive, perhaps through many

« Montant alors un large escalier, nous arrivâmes à ce qui dut être autrefois une galerie de Chimie Technique. Et j'espérai vivement faire là d'utiles découvertes. Sauf à une extrémité où le toit s'était affaissé, cette galerie était bien conservée. J'allai avec empressement vers celles des cases qui étaient restées entières. Et enfin, dans une des cases hermétiques, je trouvai une boîte d'allumettes. Précipitamment, j'en essayai une. Elles étaient parfaitement bonnes, même pas humides. Je me tournai vers Weena « Danse ! » lui criai-je dans sa propre langue. Car maintenant j'avais une arme véritable contre les horribles créatures que nous redoutions. Aussi, dans ce musée abandonné, sur l'épais et doux tapis de poussière, à la grande joie de Weena, j'exécutai solennellement une sorte de danse composite, en sifflant aussi gaiement que je pouvais l'air du Pays des Braves. C'était à la fois un modeste cancan, une suite de trépignements, et une danse en jupons, autant que les basques de ma veste le permettaient, et en partie une danse originale ; car j'ai l'esprit naturellement inventif, comme vous le savez.

« Je pense encore maintenant que c'est un heureux miracle que cette boîte d'allumettes ait échappé à l'usure du temps, à travers d'immémoriales années. De plus, assez bizarrement, je découvris une substance encore plus invraisemblable : du camphre. Je le trouvai dans un bocal scellé, qui, par hasard je suppose, avait été fermé d'une façon absolument hermétique. Je crus d'abord à de la cire blanche, et en conséquence brisai le bocal. Mais je ne pouvais me tromper à l'odeur du camphre. Dans l'universelle décomposition, cette substance volatile se trouvait par hasard avoir survécu, à travers peut-être plusieurs

thousands of centuries. It reminded me of a sepia painting I had once seen done from the ink of a fossil Belemnite that must have perished and become fossilized millions of years ago. I was about to throw it away, but I remembered that it was inflammable and burned with a good bright flame—was, in fact, an excellent candle—and I put it in my pocket. I found no explosives, however, nor any means of breaking down the bronze doors. As yet my iron crowbar was the most helpful thing I had chanced upon. Nevertheless I left that gallery greatly elated.

'I cannot tell you all the story of that long afternoon. It would require a great effort of memory to recall my explorations in at all the proper order. I remember a long gallery of rusting stands of arms, and how I hesitated between my crowbar and a hatchet or a sword. I could not carry both, however, and my bar of iron promised best against the bronze gates. There were numbers of guns, pistols, and rifles. The most were masses of rust, but many were of some new metal, and still fairly sound. But any cartridges or powder there may once have been had rotted into dust. One corner I saw was charred and shattered; perhaps, I thought, by an explosion among the specimens. In another place was a vast array of idols—Polynesian, Mexican, Grecian, Phoenician, every country on earth I should think. And here, yielding to an irresistible impulse, I wrote my name upon the nose of a steatite monster from South America that particularly took my fancy.

milliers de siècles. Cela me rappela une peinture à la sépia que j'avais vu peindre un jour avec la couleur faite d'une bélemnite fossile qui avait dû périr et se fossiliser depuis des millions d'années. J'étais sur le point de le jeter, mais je me souvins que le camphre était inflammable et brûlait avec une belle flamme brillante – une excellente bougie – et je le mis dans ma poche. Je ne trouvai cependant aucun explosif, ni aucun moyen de renverser les portes de bronze. Jusqu'ici mon levier de fer était le seul objet de quelque secours que j'eusse rencontré. Néanmoins je quittai cette galerie transporté de joie.

« Je ne puis vous conter toute l'histoire de ce long après-midi. Ce serait un trop grand effort de mémoire de me rappeler dans leur ordre mes explorations. Je me souviens d'une longue galerie pleine d'armes rouillées, et comment j'hésitai entre ma massue et une hachette ou une épée. Je ne pouvais, pourtant, les prendre toutes deux, et ma barre de fer promettait mieux contre les portes de bronze. Il y avait un grand nombre de fusils, de pistolets et de carabines. La plupart n'étaient plus que des masses de rouille, mais un certain nombre étaient faits de quelque métal nouveau et encore assez solide. Mais tout ce qui avait pu se trouver de cartouches et de poudre était tombé en poussière. Un coin de cette galerie avait été incendié et réduit en miettes, probablement par l'explosion d'un des spécimens. Dans un autre endroit se trouvait un vaste étalage d'idoles – polynésiennes, mexicaines, grecques, phéniciennes, de toutes les contrées de la terre, je crois. Et ici, cédant à une irrésistible impulsion, j'écrivis mon nom sur le nez d'un monstre en stéatite provenant de l'Amérique du Sud, qui tenta plus particulièrement mon caprice.

'As the evening drew on, my interest waned. I went through gallery after gallery, dusty, silent, often ruinous, the exhibits sometimes mere heaps of rust and lignite, sometimes fresher. In one place I suddenly found myself near the model of a tin-mine, and then by the merest accident I discovered, in an air-tight case, two dynamite cartridges! I shouted «Eureka!» and smashed the case with joy. Then came a doubt. I hesitated. Then, selecting a little side gallery, I made my essay. I never felt such a disappointment as I did in waiting five, ten, fifteen minutes for an explosion that never came. Of course the things were dummies, as I might have guessed from their presence. I really believe that had they not been so, I should have rushed off incontinently and blown Sphinx, bronze doors, and (as it proved) my chances of finding the Time Machine, all together into non-existence.

'It was after that, I think, that we came to a little open court within the palace. It was turfed, and had three fruit-trees. So we rested and refreshed ourselves. Towards sunset I began to consider our position. Night was creeping upon us, and my inaccessible hiding-place had still to be found. But that troubled me very little now. I had in my possession a thing that was, perhaps, the best of all defences against the Morlocks—I had matches! I had the camphor in my pocket, too, if a blaze were needed.

« À mesure que s'approchait le soir, mon intérêt diminuait. Je passai de galeries en galeries poudreuses, silencieuses, souvent en ruine ; les objets exposés n'étaient plus parfois que de simples morceaux de rouille ou de lignite, et quelquefois étaient mieux conservés. En un endroit, je me trouvai tout à coup auprès d'un modèle de mine d'étain, et alors, par le plus simple accident, je découvris dans une case hermétique deux cartouches de dynamite ! je criai : Eurêka ! et plein de joie brisai la vitre du casier. Alors il me vint un doute, j'hésitai ; puis, choisissant une petite galerie latérale, je fis mon essai. Je n'ai jamais éprouvé désappointement pareil à celui que j'eus en attendant cinq, dix, quinze minutes, une explosion qui ne se produisit pas. Naturellement, ce n'étaient que des simulacres, comme j'aurais dû le deviner en les trouvant à cet endroit. Je crois réellement que, n'en eût-il pas été ainsi, je me serais élancé immédiatement et j'aurais été faire sauter le Sphinx, les portes de bronze, et du même coup, comme le fait se vérifia plus tard, mes chances de retrouver la Machine.

« Ce fut, je crois, après cela que je parvins à une petite cour à ciel ouvert, dans l'intérieur du palais. Sur une pelouse, trois arbres à fruits avaient poussé. Là nous nous reposâmes et les fruits nous rafraîchirent. Vers le coucher du soleil, je commençai à considérer notre position. La nuit nous enveloppait lentement, et j'avais encore à trouver notre refuge inaccessible. Mais cela me troublait fort peu maintenant. J'avais en ma possession une chose qui était peut-être la meilleure de toutes les défenses contre les Morlocks – j'avais des allumettes ! J'avais aussi du camphre dans ma poche, s'il était besoin d'une flamme de quelque durée.

It seemed to me that the best thing we could do would be to pass the night in the open, protected by a fire. In the morning there was the getting of the Time Machine. Towards that, as yet, I had only my iron mace. But now, with my growing knowledge, I felt very differently towards those bronze doors. Up to this, I had refrained from forcing them, largely because of the mystery on the other side. They had never impressed me as being very strong, and I hoped to find my bar of iron not altogether inadequate for the work.'

Il me semblait que ce que nous avions de mieux à faire était de passer la nuit en plein air, protégés par du feu. Au matin viendrait la conquête de la Machine. Pour cela, je n'avais jusqu'ici que ma massue de fer. Mais maintenant, avec ce que j'avais acquis de connaissances, j'éprouvais des sentiments entièrement différents vis-à-vis des portes de bronze. Jusqu'à ce moment je m'étais abstenu de les forcer, à cause du mystère qu'elles recelaient. Elles ne m'avaient jamais fait l'impression d'être bien solides, et j'espérais que ma barre de fer ne serait pas trop disproportionnée à l'ouvrage. »

12

'We emerged from the palace while the sun was still in part above the horizon. I was determined to reach the White Sphinx early the next morning, and ere the dusk I purposed pushing through the woods that had stopped me on the previous journey. My plan was to go as far as possible that night, and then, building a fire, to sleep in the protection of its glare. Accordingly, as we went along I gathered any sticks or dried grass I saw, and presently had my arms full of such litter. Thus loaded, our progress was slower than I had anticipated, and besides Weena was tired. And I began to suffer from sleepiness too; so that it was full night before we reached the wood. Upon the shrubby hill of its edge Weena would have stopped, fearing the darkness before us; but a singular sense of impending calamity, that should indeed have served me as a warning, drove me onward. I had been without sleep for a night and two days, and I was feverish and irritable. I felt sleep coming upon me, and the Morlocks with it.

12
Dans les ténèbres

"**N**ous sortîmes du palais alors que le soleil était encore en partie au-dessus de l'horizon. J'avais décidé d'atteindre le Sphinx Blanc le lendemain matin de bonne heure et je me proposais de traverser avant la nuit la forêt qui m'avait arrêté en venant. Mon plan était d'aller aussi loin que possible ce soir-là, et ensuite de préparer un feu à la lueur duquel nous pourrions dormir. En conséquence, au long du chemin, je ramassai des herbes sèches et des branches dont j'eus bientôt les bras remplis ; ainsi chargé, nous avancions plus lentement que je ne l'avais prévu, et de plus Weena était très fatiguée. Je commençai aussi à sentir un assoupissement me gagner ; si bien qu'il faisait tout à fait nuit lorsque nous atteignîmes l'orée de la forêt. Weena, redoutant l'obscurité, aurait voulu s'arrêter à la lisière ; mais la singulière sensation d'une calamité imminente qui aurait dû, en fait, me servir d'avertissement, m'entraîna en avant. Je n'avais pas dormi depuis deux jours et une nuit, et j'étais fiévreux et irritable ; je sentais le sommeil me vaincre, et avec lui venir les Morlocks.

'While we hesitated, among the black bushes behind us, and dim against their blackness, I saw three crouching figures. There was scrub and long grass all about us, and I did not feel safe from their insidious approach. The forest, I calculated, was rather less than a mile across. If we could get through it to the bare hill-side, there, as it seemed to me, was an altogether safer resting-place; I thought that with my matches and my camphor I could contrive to keep my path illuminated through the woods. Yet it was evident that if I was to flourish matches with my hands I should have to abandon my firewood; so, rather reluctantly, I put it down. And then it came into my head that I would amaze our friends behind by lighting it. I was to discover the atrocious folly of this proceeding, but it came to my mind as an ingenious move for covering our retreat.

'I don't know if you have ever thought what a rare thing flame must be in the absence of man and in a temperate climate. The sun's heat is rarely strong enough to burn, even when it is focused by dewdrops, as is sometimes the case in more tropical districts. Lightning may blast and blacken, but it rarely gives rise to widespread fire. Decaying vegetation may occasionally smoulder with the heat of its fermentation, but this rarely results in flame. In this decadence, too, the art of fire-making had been forgotten on the earth. The red tongues that went licking up my heap of wood were an altogether new and strange thing to Weena.

« Tandis que nous hésitions, je vis parmi les buissons, ternes dans l'obscurité profonde, trois formes rampantes. Il y avait tout autour de nous des broussailles et de hautes herbes, et je ne me sentais pas protégé contre leur approche insidieuse. La forêt, à ce que je supposais, devait avoir un peu plus d'un kilomètre de largeur. Si nous pouvions, en la traversant, atteindre le versant dénudé de la colline, là, me semblait-il, nous trouverions un lieu de repos absolument sûr : je pensai qu'avec mes allumettes et le camphre je réussirais à éclairer mon chemin à travers la forêt. Cependant il était évident que si j'avais à agiter d'une main les allumettes, il me faudrait abandonner ma provision de bois ; aussi, je la posai à terre, bien à contrecœur. Alors me vint l'idée de stupéfier nos amis derrière nous en l'allumant. Je devais bientôt découvrir l'atroce folie de cet acte, mais il se présentait à mon esprit comme une tactique ingénieuse, destinée à couvrir notre retraite.

« Je ne sais pas si vous avez jamais songé à la rareté d'une flamme naturelle en l'absence de toute intervention humaine et sous un climat tempéré. La chaleur solaire est rarement assez forte pour produire la flamme, même quand elle est concentrée par des gouttes de rosée, comme c'est quelquefois le cas en des contrées plus tropicales. La foudre peut abattre et carboniser, mais elle est rarement la cause d'incendies considérables. Des végétaux en décomposition peuvent occasionnellement couver de fortes chaleurs pendant la fermentation ; mais il est rare qu'il en résulte de la flamme. À cette époque de décadence, l'art de produire le feu avait été oublié sur la terre. Les langues rouges qui s'élevaient en léchant le tas de bois étaient pour Weena une chose étrange et entièrement nouvelle.

'She wanted to run to it and play with it. I believe she would have cast herself into it had I not restrained her. But I caught her up, and in spite of her struggles, plunged boldly before me into the wood. For a little way the glare of my fire lit the path. Looking back presently, I could see, through the crowded stems, that from my heap of sticks the blaze had spread to some bushes adjacent, and a curved line of fire was creeping up the grass of the hill. I laughed at that, and turned again to the dark trees before me. It was very black, and Weena clung to me convulsively, but there was still, as my eyes grew accustomed to the darkness, sufficient light for me to avoid the stems. Overhead it was simply black, except where a gap of remote blue sky shone down upon us here and there. I struck none of my matches because I had no hand free. Upon my left arm I carried my little one, in my right hand I had my iron bar.

'For some way I heard nothing but the crackling twigs under my feet, the faint rustle of the breeze above, and my own breathing and the throb of the blood-vessels in my ears. Then I seemed to know of a pattering about me. I pushed on grimly. The pattering grew more distinct, and then I caught the same queer sound and voices I had heard in the Under-world. There were evidently several of the Morlocks, and they were closing in upon me. Indeed, in another minute I felt a tug at my coat, then something at my arm. And Weena shivered violently, and became quite still.

« Elle voulait en prendre et jouer avec ; je crois qu'elle se serait jetée dedans si je ne l'avais pas retenue. Mais je l'enlevai dans mes bras et, en dépit de sa résistance, m'enfonçai hardiment, droit devant moi, dans la forêt. Jusqu'à une certaine distance la flamme éclaira mon chemin. En me retournant, je pu voir, à travers la multitude des troncs, que de mon tas de brindilles la flamme s'étendait à quelques broussailles adjacentes et qu'une courbe de feu s'avançait dans les herbes de la colline. À cette vue, j'éclatai de rire, et, me retournant du côté des arbres obscurs, je me remis en marche. Il faisait très sombre, et Weena se cramponnait à moi convulsivement ; mais comme mes yeux s'accoutumaient à l'obscurité, il faisait encore suffisamment clair pour que je pusse éviter les troncs. Au-dessus de moi, tout était noir, excepté çà et là une trouée où le ciel bleu lointain brillait sur nous. Je n'allumai pas d'allumettes parce que mes mains n'étaient pas libres. Sur mon bras gauche je portais ma petite amie, et dans ma main droite j'avais ma barre de fer.

« Pendant un certain temps, je n'entendis autre chose que les craquements des branches sous mes pieds, le frémissement de la brise dans les arbres, ma propre respiration et les pulsations du sang à mes oreilles. Puis il me sembla percevoir une infinité de petits bruits autour de moi. Les petits bruits répétés devinrent plus distincts, et je perçus clairement les sons et les voix bizarres que j'avais entendus déjà dans le monde souterrain. Ce devaient être évidemment les Morlocks qui m'enveloppaient peu à peu. Et de fait, une minute après, je sentis un tiraillement à mon habit, puis quelque chose à mon bras ; Weena frissonna violemment et devint complètement immobile.

'It was time for a match. But to get one I must put her down. I did so, and, as I fumbled with my pocket, a struggle began in the darkness about my knees, perfectly silent on her part and with the same peculiar cooing sounds from the Morlocks. Soft little hands, too, were creeping over my coat and back, touching even my neck. Then the match scratched and fizzed. I held it flaring, and saw the white backs of the Morlocks in flight amid the trees. I hastily took a lump of camphor from my pocket, and prepared to light it as soon as the match should wane. Then I looked at Weena. She was lying clutching my feet and quite motionless, with her face to the ground. With a sudden fright I stooped to her. She seemed scarcely to breathe. I lit the block of camphor and flung it to the ground, and as it split and flared up and drove back the Morlocks and the shadows, I knelt down and lifted her. The wood behind seemed full of the stir and murmur of a great company!

'She seemed to have fainted. I put her carefully upon my shoulder and rose to push on, and then there came a horrible realization. In manoeuvring with my matches and Weena, I had turned myself about several times, and now I had not the faintest idea in what direction lay my path. For all I knew, I might be facing back towards the Palace of Green Porcelain. I found myself in a cold sweat. I had to think rapidly what to do. I determined to build a fire and encamp where we were. I put Weena, still motionless, down upon a turfy bole, and very hastily, as my first lump of camphor waned, I began

« C'était le moment de craquer une allumette. Mais pour cela il me fallut poser Weena à terre. Tandis que je fouillais dans ma poche, une lutte s'engagea dans les ténèbres à mes genoux ; Weena absolument silencieuse et les Morlocks roucoulant de leur singulière façon, et de petites mains molles tâtant mes habits et mon dos, allant même jusqu'à mon cou. Alors je grattai l'allumette qui s'enflamma en crépitant. Je la levai en l'air et vis les dos livides des Morlocks qui s'enfuyaient parmi les troncs. Je pris en hâte un morceau de camphre et me tins prêt à l'enflammer dès que l'allumette serait sur le point de s'éteindre. Puis j'examinai Weena. Elle était étendue, étreignant mes jambes, inanimée et la face contre le sol. Pris d'une terreur soudaine, je me penchai vers elle. Elle respirait à peine ; j'allumai le morceau de camphre et le posai à terre ; tandis qu'il éclatait et flambait, éloignant les Morlocks et les ténèbres, je m'agenouillai et soulevai Weena. Derrière moi, le bois semblait plein de l'agitation et du murmure d'une troupe nombreuse.

« Weena paraissait évanouie. Je la mis doucement sur mon épaule et me relevai pour partir, mais l'horrible réalité m'apparut. En m'occupant des allumettes et de Weena, j'avais tourné plusieurs fois sur moi-même et je n'avais plus maintenant la moindre idée de la direction à suivre. Tout ce que je pus savoir, c'est que probablement je faisais face au Palais de Porcelaine Verte. Une sueur froide m'envahit. Il me fallait rapidement prendre une décision. Je résolus d'allumer un feu et de camper où nous étions. J'adossai Weena, toujours inanimée, contre un tronc moussu, et en toute hâte, avant que mon premier morceau de camphre ne s'éteignît, je me mis

collecting sticks and leaves. Here and there out of the darkness round me the Morlocks' eyes shone like carbuncles.

'The camphor flickered and went out. I lit a match, and as I did so, two white forms that had been approaching Weena dashed hastily away. One was so blinded by the light that he came straight for me, and I felt his bones grind under the blow of my fist. He gave a whoop of dismay, staggered a little way, and fell down. I lit another piece of camphor, and went on gathering my bonfire. Presently I noticed how dry was some of the foliage above me, for since my arrival on the Time Machine, a matter of a week, no rain had fallen. So, instead of casting about among the trees for fallen twigs, I began leaping up and dragging down branches. Very soon I had a choking smoky fire of green wood and dry sticks, and could economize my camphor. Then I turned to where Weena lay beside my iron mace. I tried what I could to revive her, but she lay like one dead. I could not even satisfy myself whether or not she breathed.

'Now, the smoke of the fire beat over towards me, and it must have made me heavy of a sudden. Moreover, the vapour of camphor was in the air. My fire would not need replenishing for an hour or so. I felt very weary after my exertion, and sat down. The wood, too, was full of a slumbrous murmur that I did not understand. I seemed

à rassembler des brindilles et des feuilles sèches. Ici et là, dans les ténèbres, les yeux des Morlocks étincelaient comme des escarboucles.

« La flamme du camphre vacilla et s'éteignit. Je craquai une allumette et aussitôt deux formes blêmes, qui dans le court intervalle d'obscurité s'étaient approchées de Weena, s'enfuirent, et l'une d'elles fut tellement aveuglée par la lueur soudaine qu'elle vint droit à moi, et je sentis ses os se broyer sous le coup de poing que je lui assenai ; elle poussa un cri de terreur, chancela un moment et s'abattit. J'enflammai un autre morceau de camphre et continuai de rassembler mon bûcher. Soudain je remarquai combien sec était le feuillage au-dessus de moi, car depuis mon arrivée sur la Machine, l'espace d'une semaine, il n'était pas tombé une goutte de pluie. Aussi, au lieu de chercher entre les arbres des brindilles tombées, je me mis à atteindre et à briser des branches. J'eus bientôt un feu de bois vert et de branches sèches qui répandait une fumée suffocante, mais qui me permettait d'économiser mon camphre. Alors je m'occupai de Weena, toujours étendue auprès de ma massue de fer. Je fis tout ce que je pus pour la ranimer, mais elle était comme morte. Je ne pus même me rendre compte si elle respirait ou non.

« La fumée maintenant se rabattait dans ma direction et, engourdi par son âcre odeur, je dus m'assoupir tout d'un coup. De plus il y avait encore dans l'air des vapeurs de camphre. Mon feu pouvait durer encore pendant une bonne heure. Je me sentais épuisé après tant d'efforts et je m'étais assis. La forêt aussi était pleine d'un étourdissant murmure dont je ne pouvais comprendre la cause. Il me sembla que

just to nod and open my eyes. But all was dark, and the Morlocks had their hands upon me. Flinging off their clinging fingers I hastily felt in my pocket for the match-box, and—it had gone! Then they gripped and closed with me again. In a moment I knew what had happened. I had slept, and my fire had gone out, and the bitterness of death came over my soul. The forest seemed full of the smell of burning wood. I was caught by the neck, by the hair, by the arms, and pulled down. It was indescribably horrible in the darkness to feel all these soft creatures heaped upon me. I felt as if I was in a monstrous spider's web. I was overpowered, and went down. I felt little teeth nipping at my neck. I rolled over, and as I did so my hand came against my iron lever. It gave me strength. I struggled up, shaking the human rats from me, and, holding the bar short, I thrust where I judged their faces might be. I could feel the succulent giving of flesh and bone under my blows, and for a moment I was free.

'The strange exultation that so often seems to accompany hard fighting came upon me. I knew that both I and Weena were lost, but I determined to make the Morlocks pay for their meat. I stood with my back to a tree, swinging the iron bar before me. The whole wood was full of the stir and cries of them. A minute passed. Their voices seemed to rise to a higher pitch of excitement, and their movements grew faster. Yet none came within reach. I stood glaring at the blackness. Then suddenly came hope. What if the Morlocks were afraid?

je venais de fermer les yeux et que je les rouvrais. Mais tout était noir et sur moi je sentis les mains des Morlocks. Repoussant vivement leurs doigts agrippeurs, en hâte, je cherchai dans ma poche la boîte d'allumettes… Elle n'y était plus ! Alors ils me saisirent et cherchèrent à me maintenir. En une seconde je compris ce qui s'était passé. Je m'étais endormi et le feu s'était éteint : l'amertume de la mort m'emplit l'âme. La forêt semblait envahie par une odeur de bois qui brûle. Je fus saisi, par le cou, par les cheveux, par les bras, et maintenu à terre ; ce fut une indicible horreur de sentir dans l'obscurité toutes ces créatures molles entassées sur moi. J'eus la sensation de me trouver pris dans une énorme toile d'araignée. J'étais accablé et ne luttais plus. Mais soudain je me sentis mordu au cou par de petites dents aiguës. Je me roulai de côté et par hasard ma main rencontra le levier de fer. Cela me redonna du courage. Je me débattis, secouant de sur moi ces rats humains et, tenant court le levier, je frappai où je croyais qu'étaient leurs têtes, je sentais sous mes coups un délicieux écrasement de chair et d'os, et en un instant je fus délivré.

« L'étrange exultation qui, si souvent, accompagne un rude combat m'envahit. Je savais que Weena et moi étions perdus, mais je résolus que les Morlocks paieraient cher notre peau. Je m'adossai à un arbre, brandissant ma barre de fer devant moi. La forêt entière était pleine de leurs cris et de leur agitation. Une minute s'écoula. Leurs voix semblèrent s'élever à un haut diapason d'excitation, et leurs mouvements devinrent plus rapides. Pourtant aucun ne passa à portée de mes coups. Je restai là, cherchant à percer les ténèbres, quand tout à coup l'espoir me revint : quoi donc pouvait ainsi effrayer les Morlocks ?

And close on the heels of that came a strange thing. The darkness seemed to grow luminous. Very dimly I began to see the Morlocks about me — three battered at my feet — and then I recognized, with incredulous surprise, that the others were running, in an incessant stream, as it seemed, from behind me, and away through the wood in front. And their backs seemed no longer white, but reddish. As I stood agape, I saw a little red spark go drifting across a gap of starlight between the branches, and vanish. And at that I understood the smell of burning wood, the slumbrous murmur that was growing now into a gusty roar, the red glow, and the Morlocks' flight.

'Stepping out from behind my tree and looking back, I saw, through the black pillars of the nearer trees, the flames of the burning forest. It was my first fire coming after me. With that I looked for Weena, but she was gone. The hissing and crackling behind me, the explosive thud as each fresh tree burst into flame, left little time for reflection. My iron bar still gripped, I followed in the Morlocks' path. It was a close race. Once the flames crept forward so swiftly on my right as I ran that I was outflanked and had to strike off to the left. But at last I emerged upon a small open space, and as I did so, a Morlock came blundering towards me, and past me, and went on straight into the fire!

'And now I was to see the most weird and horrible thing, I think, of all that I beheld in that future age. This whole space was as bright as day with the reflection of the fire. In the centre was a hillock or tumulus,

Et au même moment, je vis une chose étrange. Les ténèbres parurent devenir lumineuses. Vaguement, je commençai à distinguer les Morlocks autour de moi – trois d'entre eux abattus à mes pieds – et je remarquai alors, avec une surprise incrédule, que les autres s'enfuyaient en flots incessants, à travers la forêt, droit devant moi, et leurs dos n'étaient plus du tout blancs, mais rougeâtres. Tandis que, bouche bée, je les regardais passer, je vis dans une trouée de ciel étoilé, entre les branches, une petite étincelle rouge voltiger et disparaître. Et je compris alors l'odeur du bois qui brûle, le murmure étourdissant qui maintenant devenait un grondement, les reflets rougeâtres et la fuite des Morlocks.

« M'écartant un instant de mon tronc d'arbre, je regardai en arrière et je vis, entre les piliers noirs des arbres les plus proches, les flammes de la forêt en feu. C'était mon premier bivouac qui me rattrapait. Je cherchai Weena, mais elle n'était plus là. Derrière moi, les sifflements et les craquements, le bruit d'explosion de chaque tronc qui prenait feu laissaient peu de temps pour réfléchir. Ma barre de fer bien en main, je courus sur les traces des Morlocks. Ce fut une course affolante. Une fois, les flammes s'avancèrent si rapidement sur ma droite que je fus dépassé et dus faire un détour sur la gauche. Mais enfin j'arrivai à une petite clairière et, à cet instant même, un Morlock accourut en trébuchant de mon côté, me frôla et se précipita droit dans les flammes.

« J'allais contempler maintenant le plus horrible et effrayant spectacle qu'il me fût donné de voir dans cet âge à venir. Aux lueurs du feu, il faisait dans cet espace découvert aussi clair qu'en plein jour. Au centre était un monticule, un tumulus,

surmounted by a scorched hawthorn. Beyond this was another arm of the burning forest, with yellow tongues already writhing from it, completely encircling the space with a fence of fire. Upon the hill-side were some thirty or forty Morlocks, dazzled by the light and heat, and blundering hither and thither against each other in their bewilderment. At first I did not realize their blindness, and struck furiously at them with my bar, in a frenzy of fear, as they approached me, killing one and crippling several more. But when I had watched the gestures of one of them groping under the hawthorn against the red sky, and heard their moans, I was assured of their absolute helplessness and misery in the glare, and I struck no more of them.

'Yet every now and then one would come straight towards me, setting loose a quivering horror that made me quick to elude him. At one time the flames died down somewhat, and I feared the foul creatures would presently be able to see me. I was thinking of beginning the fight by killing some of them before this should happen; but the fire burst out again brightly, and I stayed my hand. I walked about the hill among them and avoided them, looking for some trace of Weena. But Weena was gone.

'At last I sat down on the summit of the hillock, and watched this strange incredible company of blind things groping to and fro, and making uncanny noises to each other, as the glare of the fire beat on them. The coiling uprush of smoke streamed across the sky, and through the rare tatters of that red canopy, remote as though

surmonté d'un buisson d'épine desséché. Au-delà, un autre bras de la forêt brûlait, où se tordait déjà d'énormes langues de flamme jaune, qui encerclaient complètement la clairière d'une barrière de feu. Sur le monticule, il y avait trente ou quarante Morlocks, éblouis par la lumière et la chaleur, courant de-ci, de-là, en se heurtant les uns aux autres dans leur confusion. Tout d'abord, je ne pensai pas qu'ils étaient aveuglés, et, avec ma barre de fer, en une frénésie de crainte, je les frappai quand ils m'approchaient, en tuant un et en estropiant plusieurs autres. Mais quand j'eus remarqué les gestes de l'un d'entre eux, tâtonnant autour du buisson d'épine, et que j'eus entendu leurs gémissements, je fus convaincu de leur misérable état d'impuissance au milieu de cette clarté, et je cessai de les frapper.

« Cependant, de temps à autre, l'un d'eux accourait droit sur moi, me donnant chaque fois un frisson d'horreur qui me jetait de côté. Un moment, les flammes baissèrent beaucoup, et je craignis que ces infectes créatures ne pussent m'apercevoir. Je pensais même, avant que cela n'arrivât, à entamer le combat en en tuant quelques-uns ; mais les flammes s'élevèrent de nouveau avec violence et j'attendis. Je me promenai à travers eux en les évitant, cherchant quelque trace de Weena. Mais Weena n'était pas là.

« À la fin, je m'assis au sommet du monticule, contemplant cette troupe étrange d'êtres aveugles, courant ici et là, en tâtonnant et en poussant des cris horribles, tandis que les flammes se rabattaient sur eux. D'épaisses volutes de fumée inondaient le ciel, et à travers les rares déchirures de cet immense dais rouge, lointaines comme si

they belonged to another universe, shone the little stars. Two or three Morlocks came blundering into me, and I drove them off with blows of my fists, trembling as I did so.

'For the most part of that night I was persuaded it was a nightmare. I bit myself and screamed in a passionate desire to awake. I beat the ground with my hands, and got up and sat down again, and wandered here and there, and again sat down. Then I would fall to rubbing my eyes and calling upon God to let me awake. Thrice I saw Morlocks put their heads down in a kind of agony and rush into the flames. But, at last, above the subsiding red of the fire, above the streaming masses of black smoke and the whitening and blackening tree stumps, and the diminishing numbers of these dim creatures, came the white light of the day.

'I searched again for traces of Weena, but there were none. It was plain that they had left her poor little body in the forest. I cannot describe how it relieved me to think that it had escaped the awful fate to which it seemed destined. As I thought of that, I was almost moved to begin a massacre of the helpless abominations about me, but I contained myself. The hillock, as I have said, was a kind of island in the forest. From its summit I could now make out through a haze of smoke the Palace of Green Porcelain, and from that I could get my bearings for the White Sphinx. And so, leaving the remnant of these damned souls still going hither and thither and moaning,

elles appartenaient à un autre univers, étincelaient les petites étoiles. Deux ou trois Morlocks vinrent à trébucher contre moi et je les repoussai à coups de poing en frissonnant.

« Pendant la plus grande partie de cette nuit, je fus persuadé que tout cela n'était qu'un cauchemar. Je me mordis et poussai des cris, dans un désir passionné de m'éveiller. De mes mains je frappai le sol, je me levai et me rassis, errai çà et là et me rassis encore. J'en arrivai à me frotter les yeux et à crier vers la Providence de me permettre de m'éveiller. Trois fois, je vis un Morlock, en une sorte d'agonie, s'élancer tête baissée dans les flammes. Mais, enfin, au-dessus des dernières lueurs rougeoyantes de l'incendie, au-dessus des masses ruisselantes de fumée noire, des troncs d'arbres à demi consumés et du nombre diminué de ces vagues créatures, montèrent les premières blancheurs du jour.

« De nouveau, je me mis en quête de Weena, mais ne la trouvai nulle part. Il était clair que les Morlocks avaient laissé son pauvre petit corps dans la forêt. Je ne puis dire combien cela adoucit ma peine de penser qu'elle avait échappé à l'horrible destin qui lui semblait réservé. En pensant à cela, je fus presque sur le point d'entreprendre un massacre des impuissantes abominations qui couraient encore autour de moi, mais je me contins. Ce monticule, comme je l'ai dit, était une sorte d'îlot dans la forêt. De son sommet, je pouvais maintenant distinguer à travers une brume de fumée le Palais de Porcelaine Verte, ce qui me permit de retrouver ma direction vers le Sphinx Blanc. Alors, abandonnant le reste de ces âmes damnées qui se traînaient encore de-ci, de-là, en gémissant,

as the day grew clearer, I tied some grass about my feet and limped on across smoking ashes and among black stems, that still pulsated internally with fire, towards the hiding-place of the Time Machine. I walked slowly, for I was almost exhausted, as well as lame, and I felt the intensest wretchedness for the horrible death of little Weena. It seemed an overwhelming calamity. Now, in this old familiar room, it is more like the sorrow of a dream than an actual loss. But that morning it left me absolutely lonely again—terribly alone. I began to think of this house of mine, of this fireside, of some of you, and with such thoughts came a longing that was pain.

'But as I walked over the smoking ashes under the bright morning sky, I made a discovery. In my trouser pocket were still some loose matches. The box must have leaked before it was lost.'

je liai autour de mes pieds quelques touffes d'herbes et m'avançai, en boitant, à travers les cendres fumantes et parmi les troncs noirs qu'agitait encore une combustion intérieure, dans la direction de la cachette de ma Machine. Je marchais lentement, car j'étais presque épuisé, autant que boiteux, et je me sentais infiniment malheureux de l'horrible mort de la petite Weena. Sa perte me semblait une accablante calamité. En ce moment, dans cette pièce familière, ce que je ressens me paraît être beaucoup plus le regret qui reste d'un rêve qu'une perte véritable. Mais ce matin-là, cette mort me laissait de nouveau absolument seul – terriblement seul. Le souvenir me revint de cette maison, de ce coin du feu, de quelques-uns d'entre vous, et avec ces pensées m'envahit le désir de tout cela, un désir qui était une souffrance.

« Mais, en avançant sur les cendres fumantes, sous le ciel brillant du matin, je fis une découverte. Dans la poche de mon pantalon, il y avait encore quelques allumettes qui avaient dû s'échapper de la boîte avant que les Morlocks ne la prissent. »

13

*A*bout eight or nine in the morning I came to the same seat of yellow metal from which I had viewed the world upon the evening of my arrival. I thought of my hasty conclusions upon that evening and could not refrain from laughing bitterly at my confidence. Here was the same beautiful scene, the same abundant foliage, the same splendid palaces and magnificent ruins, the same silver river running between its fertile banks. The gay robes of the beautiful people moved hither and thither among the trees. Some were bathing in exactly the place where I had saved Weena, and that suddenly gave me a keen stab of pain. And like blots upon the landscape rose the cupolas above the ways to the Under-world. I understood now what all the beauty of the Over-world people covered. Very pleasant was their day, as pleasant as the day of the cattle in the field. Like the cattle, they knew of no enemies and provided against no needs. And their end was the same.

13

La Trappe du sphinx blanc

« Ce matin, vers huit ou neuf heures, j'arrivai à ce même siège de métal jaune d'où, le soir de mon arrivée, j'avais jeté mes premiers regards sur ce monde. Je pensai aux conclusions hâtives que j'avais formées ce soir-là et ne pus m'empêcher de rire amèrement de ma présomption. C'était encore le même beau paysage, les mêmes feuillages abondants, les mêmes splendides palais, les mêmes ruines magnifiques et la même rivière argentée coulant entre ses rives fertiles. Les robes gaies des Éloïs passaient ici et là entre des arbres. Quelques-uns se baignaient à la place exacte où j'avais sauvé Weena, et cette vue raviva ma peine. Comme des taches qui défiguraient le paysage, s'élevaient les coupoles au-dessus du puits menant au monde souterrain. Je savais maintenant ce que recouvrait toute cette beauté du monde extérieur. Très agréablement s'écoulaient les journées pour ses habitants, aussi agréablement que les journées que passe le bétail dans les champs. Comme le bétail, ils ne se connaissaient aucun ennemi, ils ne se mettaient en peine d'aucune nécessité. Et leur fin était la même.

'I grieved to think how brief the dream of the human intellect had been. It had committed suicide. It had set itself steadfastly towards comfort and ease, a balanced society with security and permanency as its watchword, it had attained its hopes — to come to this at last. Once, life and property must have reached almost absolute safety. The rich had been assured of his wealth and comfort, the toiler assured of his life and work. No doubt in that perfect world there had been no unemployed problem, no social question left unsolved. And a great quiet had followed.

'It is a law of nature we overlook, that intellectual versatility is the compensation for change, danger, and trouble. An animal perfectly in harmony with its environment is a perfect mechanism. Nature never appeals to intelligence until habit and instinct are useless. There is no intelligence where there is no change and no need of change. Only those animals partake of intelligence that have to meet a huge variety of needs and dangers.

'So, as I see it, the Upper-world man had drifted towards his feeble prettiness, and the Under-world to mere mechanical industry. But that perfect state had lacked one thing even for mechanical perfection — absolute permanency. Apparently as time went on, the feeding of the Under-world, however it was effected, had become disjointed. Mother Necessity, who had been staved off for a few thousand years, came back again, and she began below.

« Je m'attristai à mesurer en pensée la brièveté du rêve de l'intelligence humaine. Elle s'était suicidée ; elle s'était fermement mise en route vers le confort et le bien-être, vers une société équilibrée, avec sécurité et stabilité comme mots d'ordre ; elle avait atteint son but, pour en arriver finalement à cela. Un jour, la vie et la propriété avaient dû atteindre une sûreté presque absolue. Le riche avait été assuré de son opulence et de son bien-être ; le travailleur, de sa vie et de son travail. Sans doute, dans ce monde parfait, il n'y avait eu aucun problème inutile, aucune question qui n'eût été résolue. Et une grande quiétude s'était ensuivie.

« C'est une loi naturelle trop négligée : la versatilité intellectuelle est le revers de la disparition du danger et de l'inquiétude. Un animal en harmonie parfaite avec son milieu est un pur mécanisme. La nature ne fait jamais appel à l'intelligence que si l'habitude et l'instinct sont insuffisants. Il n'y a pas d'intelligence là où il n'y a ni changement, ni besoin de changement. Seuls ont part à l'intelligence les animaux qui ont à affronter une grande variété de besoins et de dangers.

« Ainsi donc, comme je pouvais le voir, l'homme du monde supérieur avait dérivé jusqu'à la joliesse impuissante, et l'homme subterranéen jusqu'à la simple industrie mécanique. Mais à ce parfait état il manquait encore une chose pour avoir la perfection mécanique et la stabilité absolue. Apparemment, à mesure que le temps s'écoulait, la subsistance du monde souterrain, de quelque façon que le fait se soit produit, était devenue irrégulière. La Nécessité, qui avait été écartée pendant quelques milliers d'années, revint et reprit son œuvre en bas.

The Under-world being in contact with machinery, which, however perfect, still needs some little thought outside habit, had probably retained perforce rather more initiative, if less of every other human character, than the Upper. And when other meat failed them, they turned to what old habit had hitherto forbidden. So I say I saw it in my last view of the world of Eight Hundred and Two Thousand Seven Hundred and One. It may be as wrong an explanation as mortal wit could invent. It is how the thing shaped itself to me, and as that I give it to you.

'After the fatigues, excitements, and terrors of the past days, and in spite of my grief, this seat and the tranquil view and the warm sunlight were very pleasant. I was very tired and sleepy, and soon my theorizing passed into dozing. Catching myself at that, I took my own hint, and spreading myself out upon the turf I had a long and refreshing sleep.

'I awoke a little before sunsetting. I now felt safe against being caught napping by the Morlocks, and, stretching myself, I came on down the hill towards the White Sphinx. I had my crowbar in one hand, and the other hand played with the matches in my pocket.

'And now came a most unexpected thing. As I approached the pedestal of the sphinx I found the bronze valves were open. They had slid down into grooves. At that I stopped short before them, hesitating to enter.

Ceux du monde subterranéen étant en contact avec une mécanique qui, quelque parfaite qu'elle ait pu être, nécessitait cependant quelque pensée en dehors de la routine, avaient probablement conservé, par force, un peu plus d'initiative et moins des autres caractères humains que ceux du monde supérieur. Ainsi, quand ils manquèrent de nourriture, ils retournèrent à ce qu'une antique habitude avait jusqu'alors empêché. C'est ainsi que je vis une dernière fois le monde de l'année huit cent deux mil sept cent un. Ce peut être l'explication la plus fausse que puisse donner l'esprit humain. C'est de cette façon néanmoins que la chose prit forme pour moi, et je vous la donne comme telle.

« Après les fatigues, les excitations et les terreurs des jours passés, et en dépit de mon chagrin, ce siège, d'où je contemplai le paysage tranquille baigné d'un chaud soleil, m'offrait un fort agréable repos. J'étais accablé de fatigue et de sommeil, si bien que mes spéculations se transformèrent bientôt en assoupissement. M'en apercevant, j'en pris mon parti, et, m'étendant sur le gazon, j'eus un long et réconfortant sommeil.

« Je m'éveillai un peu avant le coucher du soleil. Je ne craignais plus maintenant d'être surpris par les Morlocks, et, me relevant, je descendis la colline du côté du Sphinx Blanc. J'avais mon levier dans une main, tandis que l'autre jouait avec les allumettes dans ma poche.

« Survint alors la chose la plus inattendue. En approchant du piédestal du Sphinx, je trouvai les panneaux de bronze ouverts. Ils avaient coulissé de haut en bas le long de glissières ; à cette vue, je m'arrêtai court, hésitant à entrer.

'Within was a small apartment, and on a raised place in the corner of this was the Time Machine. I had the small levers in my pocket. So here, after all my elaborate preparations for the siege of the White Sphinx, was a meek surrender. I threw my iron bar away, almost sorry not to use it.

'A sudden thought came into my head as I stooped towards the portal. For once, at least, I grasped the mental operations of the Morlocks. Suppressing a strong inclination to laugh, I stepped through the bronze frame and up to the Time Machine. I was surprised to find it had been carefully oiled and cleaned. I have suspected since that the Morlocks had even partially taken it to pieces while trying in their dim way to grasp its purpose.

'Now as I stood and examined it, finding a pleasure in the mere touch of the contrivance, the thing I had expected happened. The bronze panels suddenly slid up and struck the frame with a clang. I was in the dark — trapped. So the Morlocks thought. At that I chuckled gleefully.

'I could already hear their murmuring laughter as they came towards me. Very calmly I tried to strike the match. I had only to fix on the levers and depart then like a ghost. But I had overlooked one little thing. The matches were of that abominable kind that light only on the box.

« À l'intérieur était une sorte de petite chambre, et, dans un coin surélevé, se trouvait la Machine. J'avais les petits leviers dans ma poche. Ainsi, après tous mes pénibles préparatifs pour un siège du Sphinx Blanc, j'étais en face d'une humble capitulation. Je jetai ma barre de fer, presque fâché de n'avoir pu en faire usage.

« Une pensée soudaine me vint à l'esprit tandis que je me baissais pour entrer. Car, une fois au moins, je saisis les opérations mentales des Morlocks. Retenant une forte envie de rire, je passai sous le cadre de bronze et m'avançai jusqu'à la Machine. Je fus surpris de trouver qu'elle avait été soigneusement huilée et nettoyée. Depuis, j'ai soupçonné les Morlocks de l'avoir en partie démontée pour essayer à leur vague façon de deviner son usage.

« Alors, tandis que je l'examinais, trouvant un réel plaisir rien qu'à toucher mon invention, ce que j'attendais se produisit. Les panneaux de bronze remontèrent et clorent l'ouverture avec un heurt violent. J'étais dans l'obscurité – pris au piège. Du moins, c'est ce que croyaient les Morlocks et j'en riais de bon cœur tout bas.

« J'entendais déjà leur petit rire murmurant, tandis qu'ils s'avançaient. Avec beaucoup de calme, j'essayai de craquer une allumette : je n'avais qu'à fixer les leviers de la Machine et disparaître comme un fantôme. Mais je n'avais pas pris garde à une petite chose. Les allumettes qui me restaient étaient de cette sorte abominable qui ne s'allume que sur la boîte.

'You may imagine how all my calm vanished. The little brutes were close upon me. One touched me. I made a sweeping blow in the dark at them with the levers, and began to scramble into the saddle of the machine. Then came one hand upon me and then another. Then I had simply to fight against their persistent fingers for my levers, and at the same time feel for the studs over which these fitted. One, indeed, they almost got away from me. As it slipped from my hand, I had to butt in the dark with my head—I could hear the Morlock's skull ring— to recover it. It was a nearer thing than the fight in the forest, I think, this last scramble.

'But at last the lever was fitted and pulled over. The clinging hands slipped from me. The darkness presently fell from my eyes. I found myself in the same grey light and tumult I have already described.'

« Vous pouvez vous imaginer ce que devint mon beau calme. Les petites brutes étaient tout contre moi. L'une me toucha. Les bras tendus et les leviers dans la main, je fis place nette autour de moi, et commençai à m'installer sur la selle de la Machine. Alors une main se posa sur moi, puis une autre. J'avais à me défendre contre leurs doigts essayant avec persistance de m'arracher les leviers et à trouver en tâtonnant l'endroit où ils s'adaptaient. En fait, ils parvinrent presque à m'en arracher un. Mais quand je le sentis me glisser des mains je n'eus, pour le ravoir, qu'à donner un coup de tête dans l'obscurité – j'entendis résonner le crâne du Morlock. Ce dernier effort était, pensais-je, plus sérieux que la lutte dans la forêt.

« Mais enfin le levier fut fixé et mis au cran de marche. Les mains qui m'avaient saisi se détachèrent de moi. Les ténèbres se dissipèrent et je me retrouvai dans la même lumière grise et le même tumulte que j'ai déjà écrits. »

14

'I have already told you of the sickness and confusion that comes with time travelling. And this time I was not seated properly in the saddle, but sideways and in an unstable fashion. For an indefinite time I clung to the machine as it swayed and vibrated, quite unheeding how I went, and when I brought myself to look at the dials again I was amazed to find where I had arrived. One dial records days, and another thousands of days, another millions of days, and another thousands of millions. Now, instead of reversing the levers, I had pulled them over so as to go forward with them, and when I came to look at these indicators I found that the thousands hand was sweeping round as fast as the seconds hand of a watch — into futurity.

'As I drove on, a peculiar change crept over the appearance of things. The palpitating greyness grew darker; then — though I was still travelling with prodigious velocity — the blinking succession of day and night, which was usually indicative of a slower pace, returned, and grew more and more marked.

14
L'ultime Vision

« Je vous ai déjà dit quelles sensations nauséeuses et confuses donne un voyage dans le Temps ; et cette fois j'étais mal assis sur la selle, tout de côté et d'une façon peu stable. Pendant un temps indéfini, je me cramponnai à la Machine qui oscillait et vibrait, sans me soucier de savoir où j'allais, et, quand je me décidai à regarder les cadrans, je fus stupéfait de voir où j'étais arrivé. L'un des cadrans marque les jours, un autre les milliers de jours, un troisième les millions de jours, et le dernier les centaines de millions de jours. Au lieu d'avoir placé les leviers sur la marche arrière, je les avais mis sur la marche avant, et quand je jetai les yeux sur les indicateurs, je vis que l'aiguille des mille tournait – vers le futur – aussi vite que l'aiguille des secondes d'une montre.

« Pendant ce temps, un changement particulier se produisait dans l'apparence des choses. Le tremblotement gris qui m'entourait était devenu plus sombre ; alors, bien que la Machine fût encore lancée à une prodigieuse vitesse, le clignotement rapide qui marquait la succession du jour et de la nuit et indiquait habituellement un ralentissement d'allure revint d'une façon de plus en plus marquée.

This puzzled me very much at first. The alternations of night and day grew slower and slower, and so did the passage of the sun across the sky, until they seemed to stretch through centuries. At last a steady twilight brooded over the earth, a twilight only broken now and then when a comet glared across the darkling sky. The band of light that had indicated the sun had long since disappeared; for the sun had ceased to set—it simply rose and fell in the west, and grew ever broader and more red. All trace of the moon had vanished. The circling of the stars, growing slower and slower, had given place to creeping points of light. At last, some time before I stopped, the sun, red and very large, halted motionless upon the horizon, a vast dome glowing with a dull heat, and now and then suffering a momentary extinction. At one time it had for a little while glowed more brilliantly again, but it speedily reverted to its sullen red heat. I perceived by this slowing down of its rising and setting that the work of the tidal drag was done. The earth had come to rest with one face to the sun, even as in our own time the moon faces the earth. Very cautiously, for I remembered my former headlong fall, I began to reverse my motion. Slower and slower went the circling hands until the thousands one seemed motionless and the daily one was no longer a mere mist upon its scale. Still slower, until the dim outlines of a desolate beach grew visible.

Tout d'abord, cela m'embarrassa fort. Les alternatives de jour et de nuit devinrent de plus en plus lentes, de même que le passage du soleil à travers le ciel, si bien qu'ils semblèrent s'étendre pendant des siècles. À la fin, un crépuscule continuel enveloppa la terre, un crépuscule que rompait seulement de temps en temps le flamboiement d'une comète dans le ciel ténébreux. La bande de lumière qui avait indiqué le soleil s'était depuis longtemps éteinte ; car le soleil ne se couchait plus – il se levait et s'abaissait seulement quelque peu à l'ouest et il était devenu plus large et plus rouge. Tout vestige de lune avait disparu. Les révolutions des étoiles, de plus en plus lentes, avaient fait place à des points lumineux qui avançaient presque imperceptiblement. Enfin, un peu avant que je ne fisse halte, le soleil rouge et très large s'arrêta immobile à l'horizon, vaste dôme brillant d'un éclat terni et subissant parfois une extinction momentanée. Une fois pourtant, il s'était pendant un peu de temps ranimé et avait brillé avec plus d'éclat, mais pour rapidement reprendre son rouge lugubre. Par ce ralentissement de son lever et de son coucher, je me rendis compte que l'œuvre des marées régulières était achevée. La terre maintenant se reposait, une de ses faces continuellement tournée vers le soleil, de même qu'à notre époque la lune présente toujours la même face à la terre. Avec de grandes précautions, car je me rappelais ma précédente chute, je commençai à renverser la marche. De plus en plus lentement tournèrent les aiguilles, jusqu'à ce que celle des milliers se fût arrêtée, et que celle des jours eût cessé d'être un simple nuage sur son cadran ; toujours plus lentement, jusqu'à ce que les contours vagues d'une grève désolée fussent devenus visibles.

'I stopped very gently and sat upon the Time Machine, looking round. The sky was no longer blue. North-eastward it was inky black, and out of the blackness shone brightly and steadily the pale white stars. Overhead it was a deep Indian red and starless, and south-eastward it grew brighter to a glowing scarlet where, cut by the horizon, lay the huge hull of the sun, red and motionless. The rocks about me were of a harsh reddish colour, and all the trace of life that I could see at first was the intensely green vegetation that covered every projecting point on their south-eastern face. It was the same rich green that one sees on forest moss or on the lichen in caves: plants which like these grow in a perpetual twilight.

'The machine was standing on a sloping beach. The sea stretched away to the south-west, to rise into a sharp bright horizon against the wan sky. There were no breakers and no waves, for not a breath of wind was stirring. Only a slight oily swell rose and fell like a gentle breathing, and showed that the eternal sea was still moving and living. And along the margin where the water sometimes broke was a thick incrustation of salt — pink under the lurid sky. There was a sense of oppression in my head, and I noticed that I was breathing very fast. The sensation reminded me of my only experience of mountaineering, and from that I judged the air to be more rarefied than it is now.

'Far away up the desolate slope I heard a harsh scream, and saw a thing like a huge white butterfly go slanting and fluttering up into the sky and, circling, disappear over some low hillocks beyond. The sound of its voice was so

« Je m'arrêtai tout doucement, et, restant assis sur la Machine, je promenai mes regards autour de moi. Le ciel n'était plus bleu. Vers le nord-est, il était d'un noir d'encre, et dans ces ténèbres brillaient vivement et continûment de pâles étoiles. Au-dessus de moi, le ciel était sans astres et d'un ocre rouge profond ; vers le sud-est, il devenait brillant jusqu'à l'écarlate vif là où l'horizon coupait le disque du soleil rouge et immobile. Les rochers, autour de moi, étaient d'une âpre couleur rougeâtre, et tout ce que je pus d'abord voir de vestiges de vie fut la végétation d'un vert intense qui recouvrait chaque flanc de rocher du côté du sud-est. C'était ce vert opulent qu'ont quelquefois les mousses des forêts ou les lichens dans les caves, et les plantes qui, comme celles-là, croissent dans un perpétuel crépuscule.

« La Machine s'était arrêtée sur une grève en pente. La mer s'étendait vers le sud-ouest et s'élevait nette et brillante à l'horizon, contre le ciel blême. Il n'y avait ni vagues, ni écueils, ni brise. Seule, une légère et huileuse ondulation s'élevait et s'abaissait pour montrer que la mer éternelle s'agitait encore et vivait. Et sur le rivage, où l'eau parfois se brisait, était une épaisse incrustation de sel, rose sous le ciel livide. Je me sentis la tête oppressée, et je remarquai que je respirais très vite. Cette sensation me rappela mon unique expérience d'ascension dans les montagnes, et je jugeai par là que l'air devait s'être considérablement raréfié.

« Très loin, au haut de la plaine désolée, j'entendis un cri discordant et je vis une chose semblable à un immense papillon blanc s'envoler, voltiger dans le ciel et, planant, disparaître enfin derrière quelques monticules peu élevés. Ce cri fut si

dismal that I shivered and seated myself more firmly upon the machine. Looking round me again, I saw that, quite near, what I had taken to be a reddish mass of rock was moving slowly towards me. Then I saw the thing was really a monstrous crab-like creature. Can you imagine a crab as large as yonder table, with its many legs moving slowly and uncertainly, its big claws swaying, its long antennae, like carters' whips, waving and feeling, and its stalked eyes gleaming at you on either side of its metallic front? Its back was corrugated and ornamented with ungainly bosses, and a greenish incrustation blotched it here and there. I could see the many palps of its complicated mouth flickering and feeling as it moved.

'As I stared at this sinister apparition crawling towards me, I felt a tickling on my cheek as though a fly had lighted there. I tried to brush it away with my hand, but in a moment it returned, and almost immediately came another by my ear. I struck at this, and caught something threadlike. It was drawn swiftly out of my hand. With a frightful qualm, I turned, and I saw that I had grasped the antenna of another monster crab that stood just behind me. Its evil eyes were wriggling on their stalks, its mouth was all alive with appetite, and its vast ungainly claws, smeared with an algal slime, were descending upon me. In a moment my hand was on the lever, and I had placed a month between myself and these monsters. But I was still on the same beach, and I saw them distinctly now as soon as I stopped. Dozens of them seemed to be crawling here and there, in the sombre light, among the foliated sheets of intense green.

lugubre que je frissonnai et m'installai plus solidement sur la selle. En portant de nouveau mes regards autour de moi, je vis que, tout près, ce que j'avais pris pour une masse rougeâtre de roche s'avançait lentement vers moi ; je vis alors que c'était en réalité une sorte de crabe monstrueux. Imaginez-vous un crabe aussi large que cette table là-bas, avec ses nombreux appendices, se mouvant lentement et en chancelant, brandissant ses énormes pinces et ses longues antennes, comme des fouets de charretier, et ses yeux proéminents vous épiant de chaque côté de son front métallique. Sa carapace était rugueuse et ornée de bosses tumultueuses, et des incrustations verdâtres la pustulaient ici et là. Je voyais, pendant qu'il avançait, les nombreuses palpes de sa bouche compliquée s'agiter et sentir.

« Tandis que je considérais avec ébahissement cette sinistre apparition rampant vers moi, je sentis sur ma joue un chatouillement, comme si un papillon venait de s'y poser, j'essayai de le chasser avec ma main, mais il revint aussitôt et, presque immédiatement, un autre vint se poser près de mon oreille. J'y portai vivement la main et attrapai une sorte de filament qui me glissa rapidement entre les doigts. Avec un soulèvement de cœur atroce, je me retournai et me rendis compte que j'avais saisi l'antenne d'un autre crabe monstrueux, qui se trouvait juste derrière moi. Ses mauvais yeux se tortillaient sur leurs tiges proéminentes ; sa bouche semblait animée d'un grand appétit et ses vastes pinces maladroites – barbouillées d'une bave gluante – s'abaissaient sur moi. En un instant, ma main fut sur le levier, et je mis un mois de distance entre ces monstres et moi. Mais j'étais toujours sur la même grève et je les aperçus. Des douzaines d'autres semblaient ramper de tous côtés, dans la sombre lumière, parmi les couches superposées de vert intense.

'I cannot convey the sense of abominable desolation that hung over the world. The red eastern sky, the northward blackness, the salt Dead Sea, the stony beach crawling with these foul, slow-stirring monsters, the uniform poisonous-looking green of the lichenous plants, the thin air that hurts one's lungs: all contributed to an appalling effect. I moved on a hundred years, and there was the same red sun — a little larger, a little duller — the same dying sea, the same chill air, and the same crowd of earthy crustacea creeping in and out among the green weed and the red rocks. And in the westward sky, I saw a curved pale line like a vast new moon.

'So I travelled, stopping ever and again, in great strides of a thousand years or more, drawn on by the mystery of the earth's fate, watching with a strange fascination the sun grow larger and duller in the westward sky, and the life of the old earth ebb away. At last, more than thirty million years hence, the huge red-hot dome of the sun had come to obscure nearly a tenth part of the darkling heavens. Then I stopped once more, for the crawling multitude of crabs had disappeared, and the red beach, save for its livid green liverworts and lichens, seemed lifeless. And now it was flecked with white. A bitter cold assailed me. Rare white flakes ever and again came eddying down. To the north-eastward, the glare of snow lay under the starlight of the sable sky and I could see an undulating crest of hillocks pinkish white. There were fringes of ice

« Il m'est impossible de vous exprimer la sensation d'abominable désolation qui enveloppait le monde ; le ciel rouge à l'orient, la ténèbre septentrionale, la mer morte et salée, la grève rocheuse encombrée de ces lentes et répugnantes bêtes monstrueuses, le vert uniforme et d'aspect empoisonné des végétations de lichen, l'air raréfié qui vous blessait les poumons, tout cela contribuait à produire l'épouvante. Je franchis encore un siècle et il y avait toujours le même soleil rouge – un peu plus large, un peu plus morne –, la même mer mourante, le même air glacial, et le même grouillement de crustacés rampants parmi les végétations vertes et les rochers rougeâtres. Et dans le ciel occidental, je vis une pâle ligne courbe comme une immense lune naissante.

« Je continuai mon voyage, m'arrêtant de temps à autre, par grandes enjambées de milliers d'années ou plus, entraîné par le mystère du destin de la terre, guettant avec une étrange fascination le soleil toujours plus large et plus morne dans le ciel d'occident, et la vie de la vieille terre dans son déclin graduel. Enfin, à plus de trente millions d'années d'ici, l'immense dôme rouge du soleil avait fini par occuper presque la dixième partie des cieux sombres. Là, je m'arrêtai une fois encore, car la multitude des grands crabes avait disparu, et la grève rougeâtre, à part ses hépatiques et ses lichens d'un vert livide, paraissait dénuée de vie. Elle était maintenant recouverte d'une couche blanche ; un froid piquant m'assaillit. De rares flocons blancs tombaient parfois en tourbillonnant. Vers le nord-est, des reflets neigeux s'étendaient sous les étoiles d'un ciel de sable et j'apercevais les crêtes onduleuses de collines d'un blanc rosé. La mer était bordée de franges de glace,

along the sea margin, with drifting masses further out; but the main expanse of that salt ocean, all bloody under the eternal sunset, was still unfrozen.

'I looked about me to see if any traces of animal life remained. A certain indefinable apprehension still kept me in the saddle of the machine. But I saw nothing moving, in earth or sky or sea. The green slime on the rocks alone testified that life was not extinct. A shallow sandbank had appeared in the sea and the water had receded from the beach. I fancied I saw some black object flopping about upon this bank, but it became motionless as I looked at it, and I judged that my eye had been deceived, and that the black object was merely a rock. The stars in the sky were intensely bright and seemed to me to twinkle very little.

'Suddenly I noticed that the circular westward outline of the sun had changed; that a concavity, a bay, had appeared in the curve. I saw this grow larger. For a minute perhaps I stared aghast at this blackness that was creeping over the day, and then I realized that an eclipse was beginning. Either the moon or the planet Mercury was passing across the sun's disk. Naturally, at first I took it to be the moon, but there is much to incline me to believe that what I really saw was the transit of an inner planet passing very near to the earth.

'The darkness grew apace; a cold wind began to blow in freshening gusts from the east, and the showering white flakes in the air increased in number. From the edge of the sea came a ripple and whisper. Beyond these lifeless sounds the world was silent. Silent? It would be hard

avec d'énormes glaçons qui voguaient au loin. Mais la vaste étendue de l'océan, tout rougeoyant sous l'éternel couchant, n'était pas encore gelée.

« Je regardai tout autour de moi pour voir s'il restait quelque trace de vie animale. Une certaine impression indéfinissable me faisait rester sur la selle de la Machine. Mais je ne vis rien remuer ni sur la terre, ni dans le ciel, ni sur la mer. Seule la vase verte sur les rochers témoignait que toute vie n'était pas encore abolie. Un banc de sable se montrait dans la mer et les eaux avaient abandonné le rivage. Je me figurai voir quelque objet voleter sur la grève, mais quand je l'observai, il resta immobile ; je crus que mes yeux avaient été abusés et que l'objet noir n'était que quelque fragment de roche. Les étoiles au ciel brillaient intensément et me paraissaient ne scintiller que fort peu.

« Tout à coup je remarquai que le contour occidental du soleil avait changé, qu'une concavité, qu'une baie apparaissait dans sa courbe. Je la vis s'accentuer ; pendant une minute peut-être je considérai, frappé de stupeur, ces ténèbres qui absorbaient la pâle clarté du jour, et je compris alors qu'une éclipse commençait. La lune ou la planète Mercure passait devant le disque du soleil. Naturellement, je crus d'abord que c'était la lune, mais j'ai bien des raisons de croire que ce que je vis était en réalité quelque planète s'interposant très près de la terre.

« L'obscurité croissait rapidement. Un vent froid commença à souffler de l'est par rafales fraîchissantes, et le vol des flocons s'épaissit. Du lointain de la mer s'approcha une ride légère et un murmure. Hors ces sons inanimés, le monde était plein de silence. Du silence ? Il est bien difficile

to convey the stillness of it. All the sounds of man, the bleating of sheep, the cries of birds, the hum of insects, the stir that makes the background of our lives—all that was over. As the darkness thickened, the eddying flakes grew more abundant, dancing before my eyes; and the cold of the air more intense. At last, one by one, swiftly, one after the other, the white peaks of the distant hills vanished into blackness. The breeze rose to a moaning wind. I saw the black central shadow of the eclipse sweeping towards me. In another moment the pale stars alone were visible. All else was rayless obscurity. The sky was absolutely black.

'A horror of this great darkness came on me. The cold, that smote to my marrow, and the pain I felt in breathing, overcame me. I shivered, and a deadly nausea seized me. Then like a red-hot bow in the sky appeared the edge of the sun. I got off the machine to recover myself. I felt giddy and incapable of facing the return journey. As I stood sick and confused I saw again the moving thing upon the shoal—there was no mistake now that it was a moving thing—against the red water of the sea. It was a round thing, the size of a football perhaps, or, it may be, bigger, and tentacles trailed down from it; it seemed black against the weltering blood-red water, and it was hopping fitfully about. Then I felt I was fainting. But a terrible dread of lying helpless in that remote and awful twilight sustained me while I clambered upon the saddle.'

d'exprimer ce calme qui pesait sur lui. Tous les bruits de l'humanité, le bêlement des troupeaux, le chant des oiseaux, le bourdonnement des insectes, toute l'agitation qui fait l'arrière-plan de nos vies, tout cela n'existait plus. Comme les ténèbres s'épaississaient, les flocons, tourbillonnant et dansant devant mes yeux, devinrent plus abondants et le froid de l'air devint plus intense… À la fin, un par un, les sommets blancs des collines lointaines s'évanouirent dans l'obscurité. La brise se changea en un vent gémissant. Je vis l'ombre centrale de l'éclipse s'étendre vers moi. En un autre instant, seules les pâles étoiles furent visibles. Tout le reste fut plongé dans la plus grande obscurité. Le ciel devint absolument noir.

« Une horreur me prit de ces grandes ténèbres. Le froid qui me pénétrait jusqu'aux moelles et la souffrance que me causait chacune de mes respirations eurent raison de moi. Je frissonnai et une nausée mortelle m'envahit. Alors, comme un grand fer rouge, réapparut au ciel le contour du disque solaire. Je descendis de la Machine pour reprendre mes sens, car je me sentais engourdi et incapable d'affronter le retour. Tandis que j'étais là, mal à l'aise et étourdi, je vis de nouveau, contre le fond rougeâtre de la mer, l'objet qui remuait sur le banc de sable : il n'y avait plus maintenant de méprise possible, c'était bien quelque chose d'animé, une chose ronde de la grosseur d'un ballon de football à peu près, ou peut-être un peu plus gros, avec des tentacules traînant par-derrière, qui paraissait noire contre le bouillonnement rouge-sang de la mer, et sautillait gauchement de-ci, de-là. À ce moment, je me sentis presque défaillir. Mais la peur terrible de rester privé de secours dans ce crépuscule reculé et épouvantable me donna des forces suffisantes pour regrimper sur la selle. »

15

'So I came back. For a long time I must have been insensible upon the machine. The blinking succession of the days and nights was resumed, the sun got golden again, the sky blue. I breathed with greater freedom. The fluctuating contours of the land ebbed and flowed. The hands spun backward upon the dials. At last I saw again the dim shadows of houses, the evidences of decadent humanity. These, too, changed and passed, and others came.

'Presently, when the million dial was at zero, I slackened speed. I began to recognize our own pretty and familiar architecture, the thousands hand ran back to the starting-point, the night and day flapped slower and slower. Then the old walls of the laboratory came round me. Very gently, now, I slowed the mechanism down.

'I saw one little thing that seemed odd to me. I think I have told you that when I set out, before my velocity became very high, Mrs. Watchett had walked across the room, travelling, as it seemed to me, like a rocket.

15
Le Retour de l'explorateur

« Et c'est ainsi que je revins. Je dus rester pendant longtemps insensible sur la Machine. La succession clignotante des jours et des nuits reprit, le soleil resplendit à nouveau et le ciel redevint bleu. Je respirai plus aisément. Les contours flottants de la contrée crûrent et décrûrent. Les aiguilles sur les cadrans tournaient à rebours. Enfin je vis à nouveau de vagues ombres de maisons, des traces de l'humanité décadente qui elles aussi changèrent et passèrent pendant que d'autres leur succédaient.

« Après quelque temps, lorsque le cadran des millions fut à zéro, je ralentis la vitesse et je pus reconnaître notre chétive architecture familière : l'aiguille des milliers revint à son point de départ ; le jour et la nuit alternèrent plus lentement. Puis les vieux murs du laboratoire m'entourèrent. Alors, très doucement, je ralentis encore le mécanisme.

« J'observai un petit fait qui me sembla bizarre. Je crois vous avoir dit que lors de mon départ et avant que ma vitesse ne fût très grande, la femme de charge avait traversé la pièce comme une fusée, me semblait-il.

As I returned, I passed again across that minute when she traversed the laboratory. But now her every motion appeared to be the exact inversion of her previous ones. The door at the lower end opened, and she glided quietly up the laboratory, back foremost, and disappeared behind the door by which she had previously entered. Just before that I seemed to see Hillyer for a moment; but he passed like a flash.

'Then I stopped the machine, and saw about me again the old familiar laboratory, my tools, my appliances just as I had left them. I got off the thing very shakily, and sat down upon my bench. For several minutes I trembled violently. Then I became calmer. Around me was my old workshop again, exactly as it had been. I might have slept there, and the whole thing have been a dream.

'And yet, not exactly! The thing had started from the south-east corner of the laboratory. It had come to rest again in the north-west, against the wall where you saw it. That gives you the exact distance from my little lawn to the pedestal of the White Sphinx, into which the Morlocks had carried my machine.

'For a time my brain went stagnant. Presently I got up and came through the passage here, limping, because my heel was still painful, and feeling sorely begrimed. I saw the *Pall Mall Gazette* on the table by the door. I found the date was indeed to-day, and looking at the timepiece, saw the hour was almost eight o'clock. I heard your voices and the clatter of plates. I hesitated — I felt so sick

À mon retour, je passai par cette minute exacte où elle avait traversé le laboratoire. Mais cette fois chacun de ses mouvements parut être exactement l'inverse des précédents. Elle entra par la porte du bas-bout, glissa tranquillement à reculons à travers le laboratoire, et disparut derrière la porte par où elle était auparavant entrée. Un instant avant il m'avait semblé voir Hillyer ; mais il passa comme un éclair.

« Alors j'arrêtai la Machine, et je vis de nouveau autour de moi mon vieux laboratoire, mes outils, mes appareils tels que je les avais laissés ; je descendis de machine tout ankylosé et me laissai tomber sur un siège où, pendant quelques minutes, je fus secoué d'un violent tremblement. Puis je me calmai, heureux de retrouver intact, autour de moi, mon vieil atelier. J'avais dû sans doute m'endormir là, et tout cela n'avait été qu'un rêve.

« Et cependant, quelque chose était changé ! La Machine était partie du coin gauche de la pièce. Elle était maintenant à droite contre le mur où vous l'avez vue. Cela vous donne la distance exacte qui séparait la pelouse du piédestal du Sphinx Blanc dans lequel les Morlocks avaient porté la Machine.

« Pendant un temps, j'eus le cerveau engourdi ; puis je me levai et par le passage je vins jusqu'ici, boitant, mon talon étant toujours douloureux, et me sentant désagréablement crasseux. Sur la table près de la porte, je vis la Pall Mall Gazette, qui était bien datée d'aujourd'hui, et pendant que je levais les yeux vers la pendule qui marquait presque huit heures, j'entendis vos voix et le bruit des couverts. J'hésitai — me sentant si faible

and weak. Then I sniffed good wholesome meat, and opened the door on you. You know the rest. I washed, and dined, and now I am telling you the story.'

et si souffrant. Alors je reniflai une bonne et saine odeur de viande et j'ouvris la porte. Vous savez le reste. Je fis ma toilette, dînai - et maintenant je vous ai conté mon histoire. »

16

'*I* know,' he said, after a pause, 'that all this will be absolutely incredible to you. To me the one incredible thing is that I am here to-night in this old familiar room looking into your friendly faces and telling you these strange adventures.'

He looked at the Medical Man.

'No. I cannot expect you to believe it. Take it as a lie — or a prophecy. Say I dreamed it in the workshop. Consider I have been speculating upon the destinies of our race until I have hatched this fiction. Treat my assertion of its truth as a mere stroke of art to enhance its interest. And taking it as a story, what do you think of it?'

He took up his pipe, and began, in his old accustomed manner, to tap with it nervously upon the bars of the grate. There was a momentary stillness. Then chairs began to creak and shoes to scrape upon the carpet. I took my eyes off the Time Traveller's face, and looked round at his audience. They were in the dark, and little spots of colour swam before them.

16
Après le récit

« Je sais, dit-il après une pause, que tout ceci est pour vous absolument incroyable ; mais pour moi, la seule chose incroyable est que je sois ici ce soir, dans ce vieux fumoir intime, heureux de voir vos figures amicales et vous racontant toutes ces étranges aventures. »

Il se tourna vers le Docteur :

« Non, dit-il, je ne m'attends pas à ce que vous me croyiez. Prenez mon récit comme une fiction – ou une prophétie. Dites que j'ai fait un rêve dans mon laboratoire ; que je me suis livré à des spéculations sur les destinées de notre race jusqu'à ce que j'aie machiné cette fiction. Prenez mon attestation comme une simple touche d'art destinée à en rehausser l'intérêt. Et, tout bien placé à ce point de vue, qu'en pensez-vous ? »

Il prit sa pipe et commença, à sa manière habituelle, à la taper nerveusement sur les barres du garde-feu. Il y eut un moment de silence. Puis les chaises se mirent à craquer et les pieds à racler le tapis. Je détournai mes yeux de la figure de notre ami et examinai ses auditeurs. Ils étaient tous dans l'ombre et des petites taches de couleur flottaient devant eux.

The Medical Man seemed absorbed in the contemplation of our host. The Editor was looking hard at the end of his cigar—the sixth. The Journalist fumbled for his watch. The others, as far as I remember, were motionless.

The Editor stood up with a sigh.

'What a pity it is you're not a writer of stories!' he said, putting his hand on the Time Traveller's shoulder.

'You don't believe it?'

'Well — —'

'I thought not.'

The Time Traveller turned to us.

'Where are the matches?' he said.

He lit one and spoke over his pipe, puffing.

'To tell you the truth

… I hardly believe it myself…. And yet…'

His eye fell with a mute inquiry upon the withered white flowers upon the little table. Then he turned over the hand holding his pipe, and I saw he was looking at some half-healed scars on his knuckles.

The Medical Man rose, came to the lamp, and examined the flowers.

'The gynaeceum's odd,' he said.

The Psychologist leant forward to see, holding out his hand for a specimen.

Le Docteur semblait absorbé dans la contemplation de notre hôte. Le Rédacteur en chef regardait obstinément le bout de son cigare – le sixième. Le Journaliste tira sa montre. Les autres, autant que je me rappelle, étaient immobiles.

Le Rédacteur en chef se leva en soupirant.

« Quel malheur que vous ne soyez pas écrivain, dit-il, en posant sa main sur l'épaule de l'Explorateur.

– Vous croyez à mon histoire ?

– Mais…

– Je savais bien que non ! »

L'Explorateur se tourna vers nous.

« Où sont les allumettes ? » dit-il.

Il en craqua une et parlant entre chaque bouffée de sa pipe :

« À dire vrai… j'y crois à peine moi-même… Et cependant !… »

Ses yeux s'arrêtèrent avec une interrogation muette sur les fleurs blanches, fanées, qu'il avait jetées sur la petite table. Puis il regarda le dessus de celle de ses mains qui tenait sa pipe, et je remarquai qu'il examinait quelques cicatrices à moitié guéries, aux jointures de ses doigts.

Le Docteur se leva, vint vers la lampe et examina les fleurs.

« Le pistil est curieux », dit-il.

Le Psychologue se pencha aussi pour voir et étendit le bras pour atteindre l'autre spécimen.

'I'm hanged if it isn't a quarter to one,' said the Journalist. 'How shall we get home?'

'Plenty of cabs at the station,' said the Psychologist.

'It's a curious thing,' said the Medical Man; 'but I certainly don't know the natural order of these flowers. May I have them?'

The Time Traveller hesitated.

Then suddenly: 'Certainly not.'

'Where did you really get them?' said the Medical Man.

The Time Traveller put his hand to his head. He spoke like one who was trying to keep hold of an idea that eluded him.

'They were put into my pocket by Weena, when I travelled into Time.'

He stared round the room.

'I'm damned if it isn't all going. This room and you and the atmosphere of every day is too much for my memory. Did I ever make a Time Machine, or a model of a Time Machine? Or is it all only a dream? They say life is a dream, a precious poor dream at times—but I can't stand another that won't fit. It's madness. And where did the dream come from? ... I must look at that machine. If there is one!'

He caught up the lamp swiftly, and carried it, flaring red, through the door into the corridor. We followed him. There in the flickering light of the lamp was the machine

« Diable ! mais il est une heure moins le quart, dit le Journaliste. Comment vais-je faire pour rentrer chez moi ?

– Il y a des voitures à la station, dit le Psychologue.

– C'est extrêmement curieux, dit le Docteur, mais j'ignore certainement à quel genre ces fleurs appartiennent. Puis-je les garder ? »

L'Explorateur hésita, puis soudain :

« Non certes !

– Où les avez-vous eues réellement ? » demanda le Docteur.

L'Explorateur porta la main à son front, et il parla comme quelqu'un qui cherche à retenir une idée qui lui échappe.

« Elles furent mises dans ma poche par Weena, pendant mon voyage. »

Il promena ses regards autour de la pièce.

« Du diable si je ne suis pas halluciné ! Cette pièce, vous tous, cette atmosphère de vie quotidienne, c'est trop pour ma mémoire. Ai-je jamais construit une Machine, ou un modèle de Machine à voyager dans le Temps ? Ou bien tout cela n'est-il qu'un rêve ! On dit que la vie est un rêve, un pauvre rêve, précieux parfois, mais je puis en subir un autre qui ne s'accorde pas. C'est de la folie. Et d'où m'est venu ce rêve ? Il faut que j'aille voir la Machine… si vraiment il y en a une ! »

Brusquement, il prit la lampe et s'engagea dans le corridor. Nous le suivîmes. Indubitablement, là, sous la clarté vacillante de la lampe, se trouvait la Machine,

sure enough, squat, ugly, and askew; a thing of brass, ebony, ivory, and translucent glimmering quartz. Solid to the touch — for I put out my hand and felt the rail of it — and with brown spots and smears upon the ivory, and bits of grass and moss upon the lower parts, and one rail bent awry.

The Time Traveller put the lamp down on the bench, and ran his hand along the damaged rail.

'It's all right now,' he said. 'The story I told you was true. I'm sorry to have brought you out here in the cold.'

He took up the lamp, and, in an absolute silence, we returned to the smoking-room.

He came into the hall with us and helped the Editor on with his coat. The Medical Man looked into his face and, with a certain hesitation, told him he was suffering from overwork, at which he laughed hugely. I remember him standing in the open doorway, bawling good night.

I shared a cab with the Editor. He thought the tale a 'gaudy lie.' For my own part I was unable to come to a conclusion. The story was so fantastic and incredible, the telling so credible and sober. I lay awake most of the night thinking about it. I determined to go next day and see the Time Traveller again.

I was told he was in the laboratory, and being on easy terms in the house, I went up to him.

laide, d'aspect trapu et louche, faite de cuivre, d'ébène, d'ivoire et de quartz translucide et scintillant. Rigide au toucher — car j'avançai et essayai la solidité des barres — avec des taches brunes et des mouchetures sur l'ivoire, des brins d'herbe et de mousse adhérant encore aux parties inférieures et l'une des barres faussées.

L'Explorateur posa la lampe sur l'établi, et passa sa main au long de la barre endommagée.

« Parfait : l'histoire que je vous ai contée est donc vraie. Je suis fâché de vous avoir amenés ici au froid. »

Il reprit la lampe, et, dans un silence absolu, nous retournâmes au fumoir.

Il nous accompagna dans le vestibule quand nous partîmes, et il aida le Rédacteur en chef à remettre son pardessus. Le Docteur examinait sa figure et, avec une certaine hésitation, lui dit qu'il devait souffrir de surmenage, ce qui le fit rire de bon cœur. Je me le rappelle, debout sur le seuil, nous souhaitant bonne nuit.

Je pris une voiture avec le Rédacteur en chef, qui jugea l'histoire une superbe invention. Pour ma propre part, il m'était impossible d'arriver à une conclusion. Le récit était si fantastique et si incroyable, la façon de le dire si convaincante et si grave ! Je restai éveillé une partie de la nuit, ne cessant d'y penser, et décidai de retourner le lendemain voir notre voyageur.

Lorsque j'arrivai, on me dit qu'il était dans son laboratoire, et comme je connaissais les êtres, j'allai le trouver.

The laboratory, however, was empty. I stared for a minute at the Time Machine and put out my hand and touched the lever. At that the squat substantial-looking mass swayed like a bough shaken by the wind. Its instability startled me extremely, and I had a queer reminiscence of the childish days when I used to be forbidden to meddle. I came back through the corridor. The Time Traveller met me in the smoking-room. He was coming from the house. He had a small camera under one arm and a knapsack under the other. He laughed when he saw me, and gave me an elbow to shake.

'I'm frightfully busy,' said he, 'with that thing in there.'

'But is it not some hoax?' I said. 'Do you really travel through time?'

'Really and truly I do.'

And he looked frankly into my eyes. He hesitated. His eye wandered about the room.

'I only want half an hour,' he said. 'I know why you came, and it's awfully good of you. There's some magazines here. If you'll stop to lunch I'll prove you this time travelling up to the hilt, specimen and all. If you'll forgive my leaving you now?'

I consented, hardly comprehending then the full import of his words, and he nodded and went on down the corridor. I heard the door of the laboratory slam, seated myself in a chair, and took up a daily paper. What was he going to do before lunch-time?

Le laboratoire cependant était vide. J'examinai un moment la Machine et de la main je touchai à peine le levier ; aussitôt, cette masse d'aspect solide et trapu s'agita comme un rameau secoué par le vent. Son instabilité me surprit extrêmement et j'eus le singulier souvenir des jours de mon enfance, quand on me défendait de toucher à rien. Je retournai par le corridor. Je rencontrai mon ami dans le fumoir. Il sortait de sa chambre. Sous un bras il avait un petit appareil photographique, et sous l'autre un petit sac de voyage. En m'apercevant, il se mit à rire et me tendit son coude en guise de poignée de main.

« Je suis, dit-il, extrêmement occupé avec cette Machine.

– Ce n'est donc pas une mystification ? dis-je. Vous parcourez vraiment les âges ?

– Oui, réellement et véritablement. »

Il me fixa franchement dans les yeux. Soudain, il hésita. Ses regards errèrent par la pièce.

« J'ai besoin d'une demi-heure seulement, dit-il ; je sais pourquoi vous êtes venu, et c'est gentil à vous. Voici quelques revues. Si vous voulez rester à déjeuner, je vous rapporterai des preuves de mes explorations, spécimens et tout le reste, et vous serez plus que convaincu ; si vous voulez m'excuser de vous laisser seul un moment. »

Je consentis, comprenant alors à peine toute la portée de ses paroles, et, avec un signe de tête amical, il s'en alla par le corridor. J'entendis la porte du laboratoire se refermer, m'installai dans un fauteuil et entrepris la lecture d'un quotidien. Qu'allait-il faire avant l'heure du déjeuner ?

Then suddenly I was reminded by an advertisement that I had promised to meet Richardson, the publisher, at two. I looked at my watch, and saw that I could barely save that engagement. I got up and went down the passage to tell the Time Traveller.

As I took hold of the handle of the door I heard an exclamation, oddly truncated at the end, and a click and a thud. A gust of air whirled round me as I opened the door, and from within came the sound of broken glass falling on the floor. The Time Traveller was not there. I seemed to see a ghostly, indistinct figure sitting in a whirling mass of black and brass for a moment—a figure so transparent that the bench behind with its sheets of drawings was absolutely distinct; but this phantasm vanished as I rubbed my eyes. The Time Machine had gone. Save for a subsiding stir of dust, the further end of the laboratory was empty. A pane of the skylight had, apparently, just been blown in.

I felt an unreasonable amazement. I knew that something strange had happened, and for the moment could not distinguish what the strange thing might be. As I stood staring, the door into the garden opened, and the man-servant appeared.

We looked at each other. Then ideas began to come.

'Has Mr. —— gone out that way?' said I.

'No, sir. No one has come out this way. I was expecting to find him here.'

Puis tout à coup, un nom dans une annonce me rappela que j'avais promis à Richardson, l'éditeur, un rendez-vous. Je me levai pour aller prévenir mon ami.

Au moment où j'avais la main sur la poignée de la porte, j'entendis une exclamation bizarrement inachevée, un cliquetis et un coup sourd. Une rafale d'air tourbillonna autour de moi, comme je poussais la porte, et de l'intérieur vint un bruit de verre cassé tombant sur le plancher. Mon voyageur n'était pas là. Il me sembla pendant un moment apercevoir une forme fantomatique et indistincte, assise dans une masse tourbillonnante, noire et jaune, – une forme si transparente que la table derrière elle, avec ses feuilles de dessin, était absolument distincte : mais cette fantasmagorie s'évanouit pendant que je me frottais les yeux. La Machine aussi était partie. À part un reste de poussière en mouvement, l'autre extrémité du laboratoire était vide. Un panneau du châssis vitré venait apparemment d'être renversé.

Je fus pris d'une terreur irraisonnée. Je sentais qu'une chose étrange s'était passée, et je ne pouvais pour l'instant distinguer quelle chose étrange. Tandis que je restais là, interdit, la porte du jardin s'ouvrit et le domestique parut.

Nous nous regardâmes, et les idées me revinrent.

« Est-ce que votre maître est sorti par là ? dis-je.

– Non, monsieur, personne n'est sorti par là. Je croyais trouver monsieur ici. »

At that I understood. At the risk of disappointing Richardson I stayed on, waiting for the Time Traveller; waiting for the second, perhaps still stranger story, and the specimens and photographs he would bring with him. But I am beginning now to fear that I must wait a lifetime. The Time Traveller vanished three years ago. And, as everybody knows now, he has never returned.

Alors je compris. Au risque de désappointer Richardson, j'attendis le retour de mon ami, j'attendis le second récit, peut-être plus étrange encore, et les spécimens et les photographies qu'il rapporterait sûrement. Mais je commence à craindre maintenant qu'il ne me faille attendre toute la vie. L'Explorateur du temps disparut il y a trois ans, et, comme tout le monde le sait maintenant, il n'est jamais revenu.

Epilogue

One cannot choose but wonder. Will he ever return? It may be that he swept back into the past, and fell among the blood-drinking, hairy savages of the Age of Unpolished Stone; into the abysses of the Cretaceous Sea; or among the grotesque saurians, the huge reptilian brutes of the Jurassic times. He may even now—if I may use the phrase—be wandering on some plesiosaurus-haunted Oolitic coral reef, or beside the lonely saline lakes of the Triassic Age. Or did he go forward, into one of the nearer ages, in which men are still men, but with the riddles of our own time answered and its wearisome problems solved? Into the manhood of the race: for I, for my own part, cannot think that these latter days of weak experiment, fragmentary theory, and mutual discord are indeed man's culminating time! I say, for my own part. He, I know—for the question had been discussed among us long before the Time Machine was made—thought but cheerlessly of the Advancement of Mankind, and saw in the growing pile of civilization only a foolish heaping

Épilogue

On ne peut s'empêcher de faire des conjectures. Reviendra-t-il jamais ? Il se peut qu'il se soit aventuré dans le passé et soit tombé parmi les sauvages chevelus et buveurs de sang de l'âge de pierre ; dans les abîmes de la mer crétacée ; ou parmi les sauriens gigantesques, les immenses reptiles de l'époque jurassique. Il est peut-être maintenant – si je puis employer cette phrase – en train d'errer sur quelque écueil oolithique peuplé de plésiosaures, ou aux bords désolés des mers salines de l'âge triasique. Ou bien, alla-t-il vers l'avenir, vers des âges prochains, dans lesquels les hommes sont encore des hommes, mais où les énigmes de notre époque et ses problèmes pénibles sont résolus ? Dans la maturité de la race : car, pour ma propre part, je ne puis croire que ces récentes périodes de timides expérimentations, de théories fragmentaires et de discorde mutuelle soient le point culminant où doive atteindre l'homme. Je dis : pour ma propre part. Lui, je le sais – car la question avait été débattue entre nous longtemps avant qu'il inventât sa Machine –, avait des idées décourageantes sur le Progrès de l'Humanité, et il ne voyait dans les successives transformations de la civilisation qu'un entassement absurde

that must inevitably fall back upon and destroy its makers in the end. If that is so, it remains for us to live as though it were not so. But to me the future is still black and blank — is a vast ignorance, lit at a few casual places by the memory of his story. And I have by me, for my comfort, two strange white flowers — shrivelled now, and brown and flat and brittle — to witness that even when mind and strength had gone, gratitude and a mutual tenderness still lived on in the heart of man.

destiné, à la fin, à retomber et à détruire ceux qui l'avaient construite. S'il en est ainsi, il nous reste de vivre comme s'il en était autrement. Mais pour moi, l'avenir est encore obscur et vide ; il est une vaste ignorance, éclairée, à quelques endroits accidentels, par le souvenir de son récit. Et j'ai conservé, pour mon réconfort, deux étranges fleurs blanches – recroquevillées maintenant, brunies, sèches et fragiles –, pour témoigner que lorsque l'intelligence et la force eurent disparu, la gratitude et une tendresse mutuelle survécurent encore dans le cœur de l'homme et de la femme.

The End

Fin

DANS LA MÊME ÉDITION BILINGUE + AUDIO INTÉGRÉ :

Impression CreateSpace
à Charleston SC, en février 2018.

Imprimé aux États-Unis.